WAITING
FOR
THE
BARBARIANS

等待野蛮人

库切文集

〔南非〕**J.M. 库切** 著
J.M. Coetzee

文敏 译

人民文学出版社

J. M. Coetzee
WAITING FOR THE BARBARIANS

Copyright © J. M. Coetzee, 1980
By arrangement with
Peter Lampack Agency, Inc.
350 Fifth Avenue, Suite 5300
New York, NY 10118 USA.
All rights are reserved by the proprietors throughout the world.

图书在版编目(CIP)数据

等待野蛮人/(南非)J. M. 库切著;文敏译.—北京:人民文学出版社,2021
(库切文集)
ISBN 978-7-02-017069-2

Ⅰ.①等… Ⅱ.①J…②王… Ⅲ.①长篇小说—南非共和国—现代 Ⅳ.①I478.45

中国版本图书馆 CIP 数据核字(2021)第 053729 号

责任编辑	马　博
装帧设计	陶　雷
责任印制	王重艺

出版发行	人民文学出版社
社　　址	北京市朝内大街 166 号
邮政编码	100705
印　　刷	三河市中晟雅豪印务有限公司
经　　销	全国新华书店等
字　　数	134 千字
开　　本	850 毫米×1168 毫米　1/32
印　　张	6.875　插页 1
印　　数	1—8000
版　　次	2021 年 8 月北京第 1 版
印　　次	2021 年 8 月第 1 次印刷
书　　号	978-7-02-017069-2
定　　价	52.00 元

如有印装质量问题,请与本社图书销售中心调换。电话:010-65233595

第 一 章

我从未见过这样的东西:两个圆圆的小玻璃片架在他眼睛前的环形金属丝上。他是瞎子吗?如果他是个盲人想要掩饰这一点,我倒可以理解。但他并不瞎。那小圆玻璃片是暗色的,从外面看来并不透明,但他能透过这样的玻璃片看过来。他告诉我,这是一种新发明的玩意儿:"它能保护眼睛,不受阳光的炫照,戴上它就不必成天眯缝着眼。也可减少头痛。瞧——"他轻轻触一下自己的眼角,"不长皱纹。"他重又架回那一对玻璃片。这倒不假,看皮肤他比他的岁数显得年轻多了。"在我们那里,人人都戴这玩意儿。"

我们坐在旅馆最好的房间里,我和他之间隔着一个长颈瓶,还有一盆坚果。我们两人都没有提及他此行的目的,他来这儿肯定是出于某种事情的紧迫性,明白这一点就够了。我们只是谈些打猎的事儿。他说起前不久一次驱车大狩猎的经历,当时成百上千的鹿、猪和熊被杀死,漫山遍野都是动物尸体,多得没法收拾,只好让它们去烂掉("那真是浪费")。我告诉他每年都有成群的野鹅和野鸭迁徙到这儿的湖里,当地人怎样设陷阱去捕捉。我向他建议,晚上带他去坐当地人的船捕鱼:"这可是不容错过的体验。"我说,"打鱼的人在水边擎着燃烧的火炬,敲着鼓把鱼驱赶到他们设下的网里。"他点点头,又跟我说起他曾去过的其他一处边境地区,那里人们把蛇肉当作美味佳肴,还有他射到一只大羚羊的事儿。

他在一堆陌生的家具当中走来走去时免不了有些踌躇,但他就是不肯取下遮挡眼睛的暗玻璃片。他很早就去歇息了。他被安置在这里,因为这是镇上食宿最好的旅馆。我对旅馆上上下下都强调过这是个重要的造访者。"乔尔上校是从第三局来的,"我告诉他们,"第三局是国防部目前最重要的一个机构。"这是我们听来的,是很早以前从首都那里传出来的消息了。旅馆老板点了点头,旅馆女侍们也都跟着点头。"我们一定要给他留下好印象。"

我带着自己的睡席去屋顶的堞墙那边,那儿夜晚的凉风吹散了空气中的燠热。在屋顶上,借着月光,我可以辨认出其他睡觉人的身廓。广场胡桃树下人们交谈的喃喃之语依然会传入我的耳中。黑暗里,一支烟斗点起来活像是一只萤火虫。火点小了,又亮了。夏天慢慢地转到了自己的尽头。果树林被累累硕果压得呻吟起来。我年轻时到过首都,以后就再也没有去过那儿。

天破晓前我就醒了,踮着脚尖经过睡得正香的士兵们,他们正打着呼噜、叹着长气,正梦见自己的妈妈和情人。我走下楼去。千万颗星星从天上凝望我们。我们这儿真正是在世界的屋顶上。在夜里、在空旷屋顶上醒过来时,你会感到星光璀璨、明亮撩人。

卫兵坐在门口,交叉着两腿支着枪正酣睡着。门房的小屋还关着,他的手推车停放在外面。我走了过去。

* *

"我们没有囚禁犯人的种种设施,"我解释说,"这儿没有多少犯罪的事,一般的处置也就是罚点款或是罚做劳役。你看到了,这个小屋只是谷仓边上的一个储藏室。"那里边逼仄而臭气熏人。屋里没有窗子。两名被绑着的囚犯躺在地上。臭气是从他们身上发出来的,一股积尿的气味。我把卫兵叫进来:"让这两个人去洗洗干净,快一点。"

我让这个参观者视察了凉爽阴暗的谷仓。"我们期望今年公共土地的出产能达到三千蒲式耳。我们只种一次。天气一直挺不错的。"我们又扯到老鼠和控制老鼠数量的办法什么的。回到小屋,那里面已经是一种干灰的气味了,两个犯人正准备受审,跪在角落里。一个是老人,一个是男孩。"他们是几天前被捕的,"我说,"离这里不到二十英里的地方发生了抢劫,这事很不寻常。一般来说,他们平常都离要塞远远的,这两个人是事后被带来的。他们说自己跟抢劫的事一点都不沾边。我不知道。也许他们说的是实情。如果你想要和他们谈话,我一定乐意为您当翻译。"

男孩肿胀的脸带着淤青,一只眼睛肿得睁不开。我在他面前蹲下来拍拍他的脸颊。"听着,孩子,"我用边境地区的方言对他说,"我们要跟你谈谈。"

他没有反应。

"他装蒜,"卫兵说,"他懂的。"

"谁打他的?"我问。

"不是我,"他说,"他来这儿的时候就是这模样。"

"谁打你的?"我问这孩子。

他没在听我说话。他的目光越过我的肩膀,却也没在看那卫兵,他在看卫兵旁边的乔尔上校。

我转向乔尔:"他可能以前从未见过这玩意儿。"我指着说,"我是说那眼镜。他肯定认为你是个盲人。"但乔尔没有回以微笑。在囚犯面前,他保持着某种威严的样子。

我又蹲到那个老人跟前:"老爹,听我说,我们把你带到这儿来是因为发生了一桩库房抢劫案。你也知道这是件挺严重的事儿,你会为这事受罚,你知道的。"

他伸出舌头舔了舔嘴唇。他的脸色很灰很疲惫。

"老爹,你看见这位先生了?他是从首都过来的。他要视察所有边境线上的要塞。他的工作就是查出实情,他干的就是这个,查出实情。如果你不愿意跟我说,就得跟他说。明白吗?"

"大人,"他说,他的声音深沉嘶哑,他清了清嗓子说,"大人,我们根本没偷什么。走在路上,这些士兵无缘无故地拦住我们就把我们绑了起来。我们到这儿来是准备瞧大夫的。这是我姐姐的孩子。他身上的伤一直都没好过。我们不是小偷。让大人看看你的伤吧。"

这男孩连扯带咬地三下两下就把缠在胳膊上的绷带解了下来。解到最后一圈,那血痂把绷带和皮肉粘在了一起。他把绷带掀开一点让我们看那血红的伤口边缘。

"你们看,"这老人说,"治不好啦。我把他带去看大夫,士兵们却拦住我们。事情就这样。"

我和来访者一起往回走,穿过广场。三个女人经过我们身边,她们头上顶着洗涮篮子,从灌溉堤坝那儿回来。她们好奇地看着我们,脖子僵立着。太阳直射下来。

"那么长时间里,我们就只抓了那两个犯人,"我说,"巧的是,通常情况下我们这里还根本没什么野蛮人能让你看到。这种所谓的抢劫行为平时很少发生。他们一般是偷几只羊或是从人家的牲畜群里牵走几头。有时我们对他们还以颜色。他们主要是些沿河一带的贫困部落的人。这都成了他们谋生的方式了。那老人说他们去看大夫,也许是真的。没人会把一个老人和一个病歪歪的孩子拉进抢劫团伙。"

我意识到自己在为他们开脱。

"我当然不能确定他们是不是盗贼。但即使他们是在撒谎,这种头脑简单的人,对你有什么用?"

我抑制着自己心里的不快,瞧他那高深莫测的矜持,那健康无恙的眼睛前面遮着小而夸张的黑暗屏障的神秘样儿。他一边走路一边像女人似的两手绞在一起在胸前扭捏着。

"不过,"他说,"如果方便的话,我今晚应该审讯他们一下。我会带上我的助手。另外,我还需要有人帮我解决一下语言翻译问题。这个卫兵,他行不行?"

"我们都懂得这语言。你不想要我为您效劳吗?"

"你会觉得那是令人生厌的差事。我们有自己的办事程序。"

*　　　*

事后人们说起听见当晚谷仓传出叫喊声,我却一点也没听到。那天晚上在忙乎自己的事情的每时每刻,我都知道会发生什么,我的耳朵甚至调试到专门聆听人类痛苦的音频;但谷仓是一幢巨大的建筑物,门很厚重,窗子很小,坐落在屠宰场和磨坊的南边。何况,还有四周的喧嚣——这地方先作为前哨基地,后作为边防要塞,现在已经慢慢变成一个有三千之众农业人口定居的城镇了,所有这些人在温暖的夏夜发出的噪声,不会因为某处有某人在叫喊而停止的。(在某一点上,我开始为我自己的不作为辩护。)

当我再次见到乔尔上校时,他正闲着,我就把谈话引向拷打一事。"如果你的犯人说的是实情呢?"我问,"然后觉得他不被相信?那不是一种挺糟糕的局面吗?我想象着:他们准备招供,招了没有更多东西可招了,于是被击垮,还被迫招出更多的东西!审讯员有着什么样的责任啊!你怎么知道人家是不是已经告诉你实话了呢?"

"有某种肯定的腔调,"乔尔说,"某种肯定的腔调会从说实话的人声音里表露出来。训练和经验教会我们去识别这种腔调。"

"说真话的腔调!你能从每天的讲话中辨别出这种腔调来?你能听出我说的是不是真话?"

这是我们之间最为亲近的一个时刻,而他的手轻轻一挥,对此不予理睬。"不,你误解了我。我说的只是一种特殊情况,我说的是我调查事件时,我想要找出真相,不得不动用强制性手段。首先,我听到的是谎言,你明白——事情总是这样——首先是说谎,然后是施压,再后来又是说谎,于是再施压,崩溃,再施压,然后才是真话。这就是你得到真相的方式。"

痛就是真相;所有其他的都值得怀疑。这就是我从与乔尔上校的谈话中得出的结论。这个人的尖尖手指甲、淡紫色手绢和穿在软鞋里的纤长的脚,使我一直想象着他在首都时的情景:在剧场的幕间休息时,他总是站在过道上对着同伴叽叽咕咕——显然他此时对首都厌烦至极。

(但从另一方面来讲,我干吗非得和他保持距离?我和他一起吃、一起喝,我带他看风景,在他每一次写工作报告时给他当助手,诸如此类。帝国并不要求效力于它的成员必须互敬互爱,它只要求我们做好自己的本分。)

* *

下面这份给我的报告,以我一个地方治安官的眼光来看实在过于简短。

"在审讯过程中,囚犯的供词显然漏洞百出。这些漏洞百出的供词被揭穿后,囚犯变得狂怒起来并且攻击进行案件调查的长官。接着在发生扭打的过程中,囚犯重重地撞在了墙上。经抢救无效死亡。"

为把这事情结束掉,根据法律条款,我唤来卫兵,要他做一个陈述。他叙述了一遍,我记下了他的话:"囚犯一下子失控了,攻击来调查的长官。我被叫进去帮忙制住他。我进去时,厮打已经结束。那个囚犯失去了知觉,鼻孔在流血。"我在他的证词上指了一下需签署自己名字的地方。他恭敬地从我这里接过了钢笔。

"是那个长官要你这样跟我说的吧?"我柔声问他。

"是的,长官。"

"那个囚犯的手是被绑着的吗?"

"是的,长官,我是说,没有,长官。"

我打发走了他,填写丧葬许可证。

然而,在上床睡觉前,我提着一盏灯,穿过广场,绕着后面的街道走到谷仓那里。小屋门口是一个新的卫兵,也是个农家子弟,裹着毯子正在睡觉。我走近时,蟋蟀停止了歌唱。拉开门闩的声音没有把卫兵惊醒。我进入小屋把灯举高,意识到自己擅自进入了一个存有国家机密的神圣或不神圣的地方(神圣不神圣有什么分别呢)。

那个男孩睡在角落里一张麦秸铺成的床上,还好好地活着。看上去是在睡觉,但从那紧张的身姿看来他并没睡着。他的两手被绑在胸前。另一个角落里是一长条白布裹着的东西。

我唤醒卫兵:"谁让你把尸体放在那儿的?谁把它缝上的?"

他听出了我声音里的愤怒。"是和另一个大人一起来的那个人,长官。我来值班的时候,他就在这儿。我听见他告诉那男孩说,'和你爷爷睡在一起,让他的身子暖和一点。'他还假装要把那个男孩也缝进裹尸布里,就用他爷爷那块裹尸布,但他后来没这样做。"

那男孩还是僵硬地躺在那里,眼睛紧紧地闭住。我们把尸体抬了出去。在院子里,就着卫兵举着的灯光,我找到裹尸布缝口的针脚,拿刀尖挑了开来,把那层布从老人头部那儿卷了下来。

他的灰色胡须上沾满了血。压破的嘴唇瘪了进去,牙齿都碎了。一只眼睛凹在里边,另一只眼眶成了一只血洞。"合上吧。"我吩咐说。卫兵把打开的袋子扎了起来,但又散开了。"他们说他是头撞到墙上了,你怎么看?"他谨慎地看着我,"去拿些细绳来扎上。"

我把灯举到男孩头上照着他。他没有动,但是当我弯腰用手触摸他的脸颊时,他退缩了,开始发抖,整个身子哆嗦得上下起伏。"听我说,孩子,"我说,"我不会伤害你的。"他蜷缩起身子用捆着的手挡着自己的脸。两只手淤肿紫红。我笨拙地摸着捆住他双手的绳子。我对这孩子做的举动都很不自然。"听着:你必须对那长官说实话。他就是要听你说真话——说实情。一旦他相信你说的是真话就不会再伤着你了。但你得把知道的一切都告诉他。你必须老老实实回答他的每一个问题。如果你痛得不行,也别丧气。"我找到捆扎的绳结把绳子解了开来,"两只手互相搓搓,让血流动起来。"我把他的手放在我的手中摩擦着。他疼痛地拳拢手指。我的行为不过像是一个母亲在安慰被父亲暴怒地扁过一顿的孩子。因为有个念头一直挥之不去——审讯者有两副面具,有两个声音,一个严厉,一个诱导。

"他今晚吃过什么吗?"我问卫兵。

"我不知道。"

"你吃什么没有?"我问那男孩。他摇摇头。我感到自己的心十分沉重。我从未想到要卷入到这种事情里去。我不知道这事情什么时候可以结束。我转向卫兵。"我现在要离开了。有三件事要你去做。第一,等这孩子的手好些了你得再把他捆起来,但别捆得太紧让手肿胀起来。第二,我要你把院子里那具尸体留在那儿,别再搬进来,明天一早我会派一班殡葬人员来收尸,你就交给他们好了。如果有什么问题,就说是我的命令。第三,你现在把这小屋锁上跟我来。我要你到厨房里给这男孩拿点吃的东西来,来吧。"

我并不想跟这件事扯上太多关系,我只是个乡镇治安行政官,一个为帝国服务的负责任的官员,在这个荒凉的边境打发着自己的岁月等着退休而已。我负责征收什一税和其他税款,掌管公共领地,照管着边防要塞不至于缺少供给,监督我们这里仅有的几个下级官员,顺带也管一下贸易,一周主持两次法庭的开庭审理。其他时间,我就看看日出日落,很满足地吃吃睡睡。等到我去世时,我希望在帝国的公报上能登上三行小小的公告,提一下我的功过就行了。在平静时日里过平静生活,我从未有过比这更高的要求。

但去年关于不安分的野蛮人的传闻从首都传到了我们这里。生意人在行商路线上遭到攻击和掠夺。库房物品偷窃事件大幅上升,而且越来越猖狂大胆。一队人口普查人员失踪了,后来被发现埋在浅坟坑里。州长在调查出行时发生了枪击事件。边界巡逻队也卷入了冲突。野蛮人部落都有了武器,流言到处乱飞。帝国必须采取预警措施,因为显然会发生战事。

关于这些动乱我自己却什么也没见着。私下里我觉得这是每一代人必然要发生一次的事儿,必定会这样,传出关于野蛮人歇斯底里的说法。边境地区的妇女们,没有一个不梦到有双黢黑的野蛮人的手从床下伸出来握住她的脚踝;也没有一个男人不被想象中这样的景象吓住:野蛮人跑到他家来闹宴,打碎盘子,放火烧帘子,强奸他的女儿。可我觉得这都是那些过得太安逸的人想象出来的,你让我看到一支野蛮人军队,我才会相信。

在首都人们担心着北部和西部的野蛮人可能已经联合起来了。司令部的官员们被派到边境地区来;要塞加强了警戒。商人们要求派遣武装人员给他们保驾。国防部第三局的人第一次被派到边境来:国家保卫人员、侦查隐蔽的煽动行为的专家、热衷真相的人、审讯专家。看这样子我的安逸日子要结束了,那时我还能怀揣一颗平安的心睡觉,很清楚尽管这儿那儿都有些磕磕碰碰的事儿,这世界还是按着自己的方式在平稳运转。如果我只是把这两个所谓的囚犯交给乔尔上校就好了,我会这么说:"瞧,上校,您是行家,该怎么处置他们您瞧着办吧!"——如果我那时正好外出打了几天猎——我本该如此的,也许去上游转悠几天,回来后压根儿没工夫看他的报告,或是在他的报告上不经意地瞄上一眼,就把我的封印盖到他的报告上去了,对他那个"调查"的意义也不作任何质询,就当是压在石头底下的

"报丧女妖"①——如果我聪明点的话就该这么做,然后,我现在可能已经又在那儿猎兔猎狐了,心安理得地调情去了,一边等着这桩调查案结束、所有边境地区的动荡平息下来。但是,老天,我没能置身事外:有一刻,我把自己的耳朵锁定在放置工具的谷仓小屋那儿传来的叫喊声里,然后夜里,我提上灯,为了亲自查看向那边走去。

*　　　*

地平线的这边到那边全都铺上一层白雪。这是从天上无处不在的光源里散落下来的,好像太阳化作了薄雾笼罩了人间。在梦中我经过兵营大门,经过光秃秃的旗杆。广场在我面前伸展开去,伸到尽头时融入闪闪发光的天空。城墙、树木、房屋逐渐消退下去,失去了它们原有的形状,消失在世界的边缘。

当我悄悄地走过广场时,几个黑色身影从白色背景中跳了出来,孩子们在玩用雪搭建城堡的游戏,在城堡顶上他们插上了一杆小红旗。他们戴着连指手套、穿着靴子,身上裹得暖暖的,足够抵御寒气。他们一把一把地捧来白雪为自己的城堡筑着城墙,完善着城堡的建设。他们口鼻中喷着白乎乎的雾气。环绕着城堡的堞墙已经筑起一半了。我费劲地想要听清楚他们那飘忽不定的含糊的叫喊声,却什

---

① 报丧女妖,一译"猞女",苏格兰凯尔特民间传说中的女妖,据说夜间听见其哀号恸哭者,家里将会死人。

么也听不出来。

我明白自己如同阴影似的庞大体形有多么难看,所以,当我走近时,他们朝各个方向一哄而散没让我感到惊讶。只有一个,比别的孩子年龄都要大些,甚至都不能说是孩子了,她仍坐在雪地里,衣服后面披着风帽,背朝着我,正在做城堡的门,她的两条腿分开着,忙着挖洞、拍打雪块、塑造形状。我站在她身后看着。她没有转回来。我想象着她那被尖形帽的花瓣围绕着的脸,却想不出来。

* *

那男孩仰面躺着,全身赤裸,睡在那里,呼吸急促而微弱,皮肤上闪着一层汗珠。这回他的胳膊没有被绑着,我看见之前隐藏的撕裂发炎的伤口。我把灯举得靠他近一些。他的肚腹和阴部两侧布满了斑斑点点的血痂、淤青和伤痕,有的伤口下面还沾着一丝丝血迹。

"他们对他做了什么?"我轻声问卫兵,还是昨晚那个年轻人。

"一把小刀,"他也轻声回答,"就是一把小刀,像这样。"他张开大拇指和食指。手里做着捏刀的样子戳进那睡着的男孩身体里,然后灵巧地转动着刀子,像是转着一把钥匙,先是向左,再是向右,然后抽出。他的手放回原位,站在那里待命。

我俯身跪向男孩,让灯靠他的脸更近一些,摇晃着他。他的眼睛无力地睁开,又闭上。他叹息一下,急促的呼吸缓了下来。"听着!"我对他说,"你一直在做噩梦。你必须醒过来。"他睁开眼睛,透过灯光眯起眼看我。

卫兵用盘子递给他水。"他能坐起来吗?"我问。卫兵摇了摇头。他扶起男孩帮他小口喝水。

"听着,"我说,"他们告诉我你已经招供了。他们说你承认你和那个老头,和其他一些你们族里的人偷了羊和马。你已经说了你们族里的人都有武装,到春天你们就会集合起来对帝国动武。你说的是实话吗?你明白你的招供意味着什么吗?明白吗?"我停了一下;面对我激烈的言辞他只是空洞地回望,就像那些经过长途奔跑而累垮的人。"这意味着军队将出动去对付你们的人。会有杀戮。你的族人将会送命,甚至还有你的父母,你的兄弟姐妹。你真的要这样吗?"他什么反应也没有。我摇着他的肩膀,拍着他的脸颊。他没退缩:我就像是在拍一个死人。"我想他是病得很重,"那卫兵在我身后轻轻地说,"很痛,病得很重。"男孩闭上了眼睛。

* *

我把我们这里唯一的一个医生叫来,这个老医生就靠给人拔拔牙齿和用骨粉、蜥蜴血兑制春药谋生。他往痛处敷着黏土制的膏药,又把一些油膏涂到上百处戳伤的口子上。他说他担保这男孩一个星期内就能走动,然后又推荐了一些营养食物就匆匆离开了。他没问这男孩怎么能忍受这样的伤痛。

可是上校不耐烦了。他的计划是要给那些部落以一种迅雷不及掩耳的打击,抓住更多的人。他想要这男孩做向导。他要我把要塞里四十名卫戍兵拨三十个给他用,还得配上装备。

我试图劝阻他。"我一点也没有不敬的意思,上校,"我说,"您不是战斗部队的军人,您从未在这种不友好的地区作过战。您没有向导,只有这么一个对您怕得要死的孩子,他会编出一些只是讨您喜欢的话来说给您听,而且这孩子也不适合长途行走。您也不能靠士兵来帮您,他们只是一些被征召来的农民,大部分人没走出过离驻地五英里的地方。而您追捕的野蛮人会嗅到您到来的气息,在您到达前一天,还在行军时,他们就消失在沙漠中了。他们一辈子都住在这儿,熟悉地形。您和我是外来人——您比我更是。我诚恳地劝您还是不去为好。"

他听完了我的话,甚至是(我有这感觉)有点由着我说下去。我肯定这次谈话事后会被记录下来,并加上对我的评语:"不可靠"。当他觉得已经听够时就拒绝了我的反对意见:"我有任务在身,行政长官。我自己决定我的工作何时停止。"他继续着手做他的准备工作。

他乘坐自己的黑色双轮马车前去,露营床和折叠式写字桌捆在车顶上。我向他提供了马匹、大车、足够三个星期的饲料和粮食。要塞里的一个尉级军官随同他一起走。我私下里对那尉官说:"别依赖你的向导。他人很虚弱又害怕得要死。留神天气。注意路标。你的首要任务是把我们的造访者平平安安地带回来。"他唯唯遵命。

我又走向上校,想要弄明白他整个行动的大致意图。

"是的,"他说,"我当然不可能事先就能把事情全定下来。不过,从大面上说,我们要把这里的部落野蛮人安营扎寨的地方弄清楚,然后根据情况再进入下一阶段的计划。"

"我问这话,"我继续道,"只是因为,您万一走失的话我们这儿的人就得去找您把您带回到文明世界来。"我们都不作声,各自品味着这言辞中的反讽意味。

"当然啦,"他说,"但这似乎不太可能。我们很幸运地拥有这个地区最好的地图,这地图就是你提供的。"

"这些地图很不可靠,只是根据传闻拼凑起来的,上校。在过去十到二十年的时间里我从一些旅行者那儿收集情况。我自己就从未涉足您将要前往的地区。我只是对您提出告诫。"

他来到这儿的第二天,我就觉得自己已不胜其烦,这种烦恼使我没有检省自己对他的态度。我猜想,他是否像到处走动的刽子手,准是习惯于被别人敬而远之,(是不是只有在外省,这些刽子手和虐待狂依然被认为是肮脏的?)我面对着他,第一次猜测他会作何感想:作为一个新手,一个学徒,他不过是被叫来拧拧钳子扳扳螺丝或是其他什么别人也在做的事儿,而他却擅自闯入了禁地,不知他在那一刻是否有一丁点儿不寒而栗?我发现自己也开始好奇他是否有一个闭门自省的洗罪仪式,以使他自己能回到其他人中间与别人一起共同进餐。在那一刻他洗自己的双手非常仔细吗?他所有的衣服都换吗?或者是局里造出了一种新人,不管洁净也好还是不洁净也好他们都能够心安理得地过下去?

那天晚上很晚时,我听见广场那里老胡桃树底下传来刮擦声和击鼓声。煤灶那儿是一片喜洋洋的欢快气氛,士兵们正在那儿烤全羊,这是"大人"给他们的礼物。他们后半夜要痛饮一番,然后在黎明时出发。

我顺着后面小巷向谷仓那儿走去。卫兵没在他的哨位上,小屋的门开着。我正要进去,就听见里面有低语声和咯咯的笑声。

里面漆黑,我什么也看不见。"谁在这儿?"我问。

传来一阵摸索声,那个年轻的哨兵出来时差点撞到了我。"对不起,长官。"他说。我闻到他身上一股朗姆酒的湿漉漉的气味。"那个犯人喊我,我想去帮他。"黑暗中传来呼哧呼哧的笑声。

我睡了。广场传来的舞蹈音乐把我吵醒,我又睡着,梦见一个身子伸展开来仰面躺着,丰茂而暴露的毛发闪烁着湿漉漉的黑色和金色的光亮,盖满了整个下腹,直抵腰部那儿,下部像是一支箭射进了两腿当中的沟壑。当我伸出手去想要梳理一下毛发时,它开始蠕动起来了。原来这不是毛发而是密密匝匝聚集在一起的一簇蜜蜂:那里浸润着蜂蜜,黏黏的,它们爬出了大腿间那条沟,扇动着翅膀。

* *

我最后一项表示敬意的礼节是骑马陪送上校启程,一直把他送到折向西北方向的湖边。太阳升起,阳光凶猛地射下来,我不得不挡着自己的眼睛。随行的那帮人经过昨夜的狂欢,一个个都是疲惫欲呕的模样,七零八落地跟在我们后面。在这支纵队中间,夹着那个男孩囚犯,一个卫兵与他并辔而行,一边搀扶着他。他脸色像死人一样灰白,坐在马上显得很不舒服,那些伤口依然在折磨他。队伍后面跟着贮水罐和荷载军需装备的车马和辎重:长矛、燧火枪、弹药和帐篷。所有这一切看上去并不是什么激动人心的场面:骑马的纵队杂乱无章,一些人光着脑袋,一些人戴着插羽毛的重磅骑士头盔,还有一些戴着皮帽。他们移开视线避挡太阳光的照射,只除了一个人,这人模仿着他的上司,目光炯炯地对着贴在自己眼前的一小块茶色玻璃片,他一直把那块玻璃擎在面前。这种荒唐可笑的模仿会流行开来吗?

我们默不作声地骑马前行。黎明前就在田野里收割的人们在我们经过时停下手里的活儿,向我们挥手。在道路转弯处,我勒住马向他致礼告别。"我期待您平安归来,上校。"我说。透过马车的窗框,看到他神秘莫测地点一下头。

于是我一身轻松地往回骑行,非常高兴自己又可以独自待在一个谙熟而习惯的世界里。我登上城墙,看着那远去纵队的小小影子转过西北方向的道路朝着远处昧爽不分的绿野而去,那里是河流进入湖泊之处,绿色植被渐渐消逝在沙漠的阴霾中。太阳依然像火盆似的悬在空中,猛烈地把光热投射到水面上,湖的南部延伸出去一片沼泽地和盐碱地,再过去,荒芜的群山勾勒出蓝灰色的天际线。一些农夫正在地里往两辆破旧的大篷车上装干草。一队绿头鸭从天而降滑入水中。夏末,一个宁静而多彩的时节。我崇仰和平,不管是付出何等代价的和平。

正对着小镇南边两英里处,平展的沙地延伸出去的沙土堆成了一串小丘。在沼泽里抓青蛙,乘着光滑的木橇从沙丘斜坡上滑行下来,是夏天里孩子们的主要活动。一般是早上抓青蛙,晚上滑木橇,要等到太阳下山沙丘变凉才能去玩。虽说四季都在刮风,沙丘却屹立不动,主要是因为它的顶上覆盖着薄薄的青草,还有一个原因是几年前我偶然发现的,是下面有木头桁架。一些塌圮房屋的残骸被沙丘覆盖着,那些房屋的历史可追溯到西部省份被兼并和这个要塞建立之前。

我的爱好之一是挖掘废墟遗址。如果没有灌溉设施的修复工作要做,我就会判罚那些轻罪案犯去沙丘那儿挖掘几天;受罚的士兵们也被派到这儿来干活;在我兴致最高时,甚至曾不惜自掏腰包来支付临时工的工钱。这份工作并不受到别人的欢迎,因为挖掘必须是在烈日底下,或是无遮无挡地置身像刀子一般凛冽的寒风里,而且到处是飞舞的沙子。他们干这活时三心二意,并没有和我一样的兴致(在他们看来这是异想天开、怪诞至极),因为进展太慢,挖开的沙子又流了回去,这让他们灰心。但在做这事情的几年里,我还是成功地挖掘到了一些硕大房屋的底部。荒地里最近一次发掘出来的东西立在那儿,像是荒地里的一艘失事船,从城墙那儿也看得见。就房子本身而言,像是一座公共建筑或是庙宇,我曾修复了它的一根沉重、弯曲的杨木过梁，上面镂刻着设计精巧的交织在一起跳跃的鱼儿。现在这根过梁就悬挂在我的壁炉上方。沙层最底下埋着一只皱巴巴的袋子，那袋子一碰就疡掉了。我在其中发现了一批木简秘藏，那上面画着一些手写体的符号，这种符号我以前从未见过。我们以前也发现过像这样的木简散落在废墟中，像是晾衣服的夹子，大多数都被沙子打磨得褪了色，上面的符号也难以辨认。但这些新发现的木简，上面的符号清楚得就像当初刚写下时一样。我怀着破译这些字符的希望，尽可能地搜集此类木简，还让到这儿来玩的孩子们也去寻找，看他们是否能找到一片像这样多少有点价值的木简。

我们发掘出来的木材都很干燥，成了粉末状。许多木头只是被沙子挤压成形，一经暴露，便化为齑粉；另外一些尚未粉质化的轻轻一折也就断开。这些木头的年代到底有多久我也说不上来。那些野蛮人，他们以畜牧为生，是住在帐篷里的游牧部落，靠近湖边这一带从来没有关于他们永远居住地的传说。这些废墟上也没有人类活动的遗存。不然就是还有一个公共墓地我们没有挖掘到。这些房子里统统没有家具，在一堆灰烬中我找到了一些被太阳灼干的陶瓷碎片和一些棕色的东西，看上去原先是皮靴或帽子，而现在，在我眼前，它们都成了碎屑。我不知道是从哪里弄来的木头建造了这些房子。就我所知，也许是很久以前的罪犯、奴隶和士兵乘牛车到距离此地十二英里远的河边，他们砍下杨树，锯削一番之后再用大车运到这荒凉之地，建起了房屋，还有堡垒，这中间还会有牺牲，而这一切是为了使他们的主人、高级官员、地方行政长官能够在早晚间登上屋顶和塔顶眺览极目所至的地盘，从这儿到那儿，寻找野蛮人活动的迹象。也许我只是挖掘了一点表皮。也许在那大房子地底下十多英尺深的地方，还有一个被野蛮人摧毁了的堡垒废墟，里面填满了前人的骨头，他们还以为自己可以安全地躲在高墙后面呢。也许我现在站立之处正是一所法院的楼顶，如果是这样的话，那我可能站在一个像我一样的地方治安长官的头顶上，这个头发灰白的家伙同样也是落入权力角逐场的帝国仆人，曾和野蛮人直面相觑。我怎么去了解这些事？就像兔子一样打洞挖沟？还是有一天那木简上的字符会告诉我？袋子里共有二百五十六片木简。这恰好是个完美的数字吗？我第一次数清了这些发掘物以后，就把我的办公室地板弄干净，把它们全都铺开在地上，最初铺成一个大的正方形，然后又改为十六个小正方形，后来又改成其他形状，我想着，迄今为止我总是认定为音节表中的字符也有可能是一幅画的一部分，一旦我排对了位置，它的轮廓也许就会跳出来向我显示一幅古代野蛮人地盘的地图；要不也许是一座失落的万神殿的形象。我甚至把这些木简放在镜子前解读，或是从另一个极端去追索；或是把一片的这一半与另一片的那一半合并在一起猜测。

一天晚上，孩子们跑回自己家去吃晚饭，我继续在废墟中徘徊，一直思索到紫色的晚霞降临、第一颗星星升起，这种时光，根据传说，是鬼魂醒来的时候。我像孩子们曾教过我那样，把耳朵贴在地面上，听孩子们可以听得见的声音：地下传来的撞击声和呻吟声，还有不规则的深沉的敲鼓声。我的脸颊感到沙子的行进，从莫名之处驱往莫名之处的沙漠。最后的光线黯淡下去了,土筑堞墙在天空中的剪影变得越来越模糊了,最后消融到黑暗中去。我在那里一直等了一个小时,披裹着大衣,背靠着一根房子的角柱,人们肯定在这房子里有过交谈、吃喝和宴乐。我坐在那里看月亮升起,全身心都贯注在夜幕中,等着某种迹象出现,告诉我周围和脚下不仅仅只是沙子、骨灰、锈片、碎瓷片和灰烬。但我盼望的迹象没有出现。我没有感到鬼魂出现时的战栗和惊颤反应。我筑在沙堆中的窠非常温暖,不久,我就昏昏欲睡了。

我站了起来伸伸手脚,然后拖着疲软的脚步穿过温柔的夜色回家去了,家居的灯火映在天幕上的模糊轮廓一路照着我。我觉得自己真是古怪极了:一个灰白胡须的人,在钻进军营温暖的浴室以及爬上自己舒适的床榻之前,坐在夜色中等着稗史中的魂灵来和自己说话。我们周围的空间只不过就是空间罢了,它并不比棚屋或是经济公寓的更宏大些;也不比首都的办公室或是庙宇的空间更卑小些。空间就是空间,生活就是生活,每个地方都一样。但对我来说,我由别人的劳动供奉着,但又缺乏文明的恶习来充实闲暇时光,我纵容着自己的忧郁,试图去发现这个空旷的沙漠地区一段历史上的辛酸故事。空虚、无所事事,就这样被引入歧途!没人能看到我,这是多么幸运!

* *

今天,离开上校的涉险之旅才四天,他的第一批俘虏已经送来了。我从窗子里看到他们被骑马的卫兵夹在中间经过广场,满面尘土、疲惫不堪,缩着身子从一大堆围着看他们的人群、跳上跳下的孩子们、汪汪嚎叫的狗中间穿过去,在军营围墙的阴影里,卫兵下了马;囚犯们也马上蹲下休息,只有一个孩子,单腿站着,一只手搭在他母亲的肩上,好奇地回望着那些围观者。有人送来一桶水和长柄勺。他们急不可耐地喝了起来,他们四周的围观者越来越多,慢慢地向中间挤进去,弄得我什么也看不到了。我不耐烦地等着卫兵推开人群,穿过军营大院到我这里来。

"你怎么向我解释这件事?"我对他叫喊着。他鞠了一躬,往口袋里摸索着什么。"他们都是捕鱼的!你怎么能把他们带到这儿来?"

他掏出了一封信。我开启封印抽出信看,那信上写的是:"请将这些人和将陆续到达的犯人单独关押起来,一直到我返回。"在他的签名下面又是那个封印,那个第三局的封印给他带到荒漠里去了。如果他不测的话,毫无疑问我还得再派一队人马去把那封印找回来。

"这个人真是太荒唐了!"我叫喊起来。我在房间里大发雷霆。人不应在他人面前贬低上级,正如不应在孩子面前贬低父亲,但对这个人,我的心里毫无忠诚。"没人告诉他这是些捕鱼的人吗?把他们带到这儿来是浪费时间!你们应该是帮他缉拿窃犯、土匪、帝国的侵略者的,可是他们像是那种危害帝国的人吗?"我把信扔向了窗子。

我出现时,人群在我面前分开了,我走到中间,站在那十来个可怜兮兮的囚犯面前。在我的盛怒之下他们朝后退缩着,那个小男孩滑进了母亲的手臂中。我对那些卫兵做了个手势:"叫人群散开,把这些人带进军营院子里去!"他们驱赶着俘虏聚在一起向前走,军营的大门在我们后面关上了。"现在,解释一下你们自己的行为吧,"我说,"没有人告诉他这些囚犯对他来说一点用都没有?没有人告诉他用渔网捕鱼的人和野外带弓骑马的游牧部落之间的区别吗?没有人告诉他这些人甚至讲的是另一种语言吗?"

一个士兵解释说:"当他们看到我们走近时,他们试图躲藏到芦苇丛里去。他们看见骑马的人来了,所以他们躲起来了。所以那位长官,那位大人,命令我们逮捕他们。因为他们当时躲了起来。"

我恼怒得几乎咒骂起来。好一个警察!好一个警察抓人的理由!"那么大人有没有说过为什么要把他们带到这儿来?他有没有说为什么他不能在那儿就地审讯他们?"

"我们没有一个人会说他们的语言,长官。"

当然没人会!这些人是河边的土著,他们的历史甚至比游牧部落还悠久。他们的家庭三三两两地分布在河边的定居点,一年里大部分时间打鱼或是设陷阱捕猎,秋天则划船到南边遥远的湖畔,去捕捉赤虫,把它们晾干。他们用芦苇建造简陋的栖身处,寒流袭来时冻得直叫唤,他们穿的是兽皮做的衣服。对任何人都害怕,总是躲藏在芦苇丛里,他们怎么会了解什么大群野蛮人反对帝国的计划?

我派了一个士兵去厨房弄点食物。他带来昨晚剩余的一块面包,他把这面包交给了囚犯中最年长的一个。这个老人虔敬地用两只手接过面包,先用鼻子嗅了嗅,然后掰开来。把面包块分给周围的人。他们都狼吞虎咽地大口吃起这"吗哪"①来,快速地咀嚼着,他们都没有抬起眼睛。一个女人把嚼过的面包吐进手掌里喂她的孩子。我示意再拿些面包来。我们就站在那里看他们吃,好像是看一群奇怪的动物。

"让他们待在院子里,"我告诉他们的守卫们,"当然这会给我们造成不便,但也没其他地方可去。如果今晚天气转冷,我会另外安排地方。留心他们有没有吃饱。给他们派些事情做做免得他们闲着。把门关好。他们不会跑掉的,我只是不想闲人进来瞪着他们看。"

我抑制住自己的怒气去执行上校的指示:我扣住他那些无用的囚犯,为他"单独关押"着。一两天以后,这些未开化的人似乎已经忘记了自己还曾有过另一个家。他们完全被这儿大量免费供应的食物吸引住了,尤其是面包,他们放松了,对每一个人都笑逐颜开,在军营的院子里从一处阴凉地移到另一处,瞌睡过后又醒来,到开饭时间就兴奋得要死。他们的生活习惯无拘无束而肮里肮脏。院子的一角已经成了公厕,男男女女都蹲在那儿堂而皇之地方便,大群苍蝇整天在那儿嘤嘤嗡嗡。("给他们一把铲子!"我吩咐卫兵们;但是他们不用。)那个小男孩,变得天不怕地不怕的,他常跑到厨房里去,求女仆们要糖吃。除了面包,糖和茶叶对他们都是新奇的东西。他们每天早上得到一小块茶砖,

---

① 吗哪,基督教《圣经》中所说古代以色列人经过旷野时获得的神赐食物。

在四加仑的提桶里搁在火堆的三脚架上煮。他们在这儿过得很开心;实际上,除非我们赶他走,他们真会待在这儿和我们过一辈子,似乎不费什么努力,我们就将他们从自然状态中引诱了出来。我从楼上窗子里几小时几小时地看着他们(其他闲杂人等只能从门缝里看)。我看见女人们在捉虱子,互相帮着梳头、把黑色的长发编成辫子。有些人发出一阵阵的干咳。让人惊讶的是这群人中没有几个孩子,只有一个奶娃娃和一个小男孩。是其他年轻人逃开士兵的追捕时非常警觉非常机灵吗?我希望是这样。我希望当我们把他们放回河边老家去的时候,他们会有许多难以置信的故事告诉给邻居们听。我希望他们被俘获的这段经历进入他们的传说,从祖父传到孙子。但我更希望进入他们记忆的这个镇子、这里的悠闲生活和异乡的食物不会诱使他们再回到这儿来。我不想照顾乞讨的一族。

最初几天,人们把这些捕鱼人当作消遣,因为他们那些让人听不懂的含糊不清的语言、他们硕健的胃口、他们像动物一样没羞没耻的举止、他们动不动就乱发一通的脾气。士兵们倚在门道里观望他们,对他们嚷嚷些他们不懂的下流话,大笑着。经常有些孩子跑来把脸挤在大门的栅栏上看他们。我从自己的窗子里往下观望,他们看不见玻璃后面的我。

后来,某个时刻起,我们失去了对他们的同情心:肮脏、熏臭,还有他们争吵的喧哗声和咳嗽声变得难以忍受了。还发生了一桩丑事:当时一个士兵试着把他们中的一个女人拖进门里去,也许只是闹着玩的(谁知道呢),他们就向那士兵大扔石头。一种流言开始在镇上传播,说这帮人都是有病的,会把疾病传染给镇上的人。尽管我已经叫他们在院子角落里挖了一个坑并把便溺处理掉,但厨房里的人还是嫌他们脏,不肯把餐具交给他们,分发食物时就丢在过道那儿,好像他们真是什么动物似的。士兵们锁上了通往军营会堂的大门,孩子们不再跑过来了。有天晚上,有人把一只死猫扔过了墙,引起了一阵骚乱。在长长的炎热的白天里,这帮人就在空旷的院子里闲逛。那个小娃娃哭了又咳,咳了又哭,闹得我只好逃避到离院子最远的一个角落的房间里去躲着。我气愤之下便给第三局写信,这帝国的昼夜连轴转的保卫机构,指责它派出了如此不能胜任的办事人员。"为什么你们不能派一个有边境工作经验的人来调查边境的动乱事件呢?"我这样写道。可是马上又明智地撕掉了。我真想知道,如果我在某个万籁俱静的夜里把门锁打开,这些捕鱼人是不是会逃走?但我什么也没做。后来有一天,我留意到那小娃娃没有哭声了。从窗子里望出去,哪儿都看不到那小家伙。我派了一个卫兵去了解一下是怎么回事,这才发现母亲衣服里藏的那具小尸体。她拒绝交出孩子,我们不得不把尸体从她那里抢走。事后她一整天独自掩面蹲在那里,拒绝吃饭。她的同胞似乎都避着她。我们把她的孩子带走去埋掉,是不是违反了他们的什么风俗习惯?我诅咒所有乔尔上校带给我的麻烦,还有那些让我蒙羞的事。

半夜里,他回来了。从堞墙那里传来的军号声把我从睡梦中惊醒,军营会堂一下子爆出军人摆弄武器的喧嚣声。

我的头都大起来了,慢慢地穿起了衣服,当我晃晃悠悠地出现在广场上时,队伍正开进大门里,一些人骑在马上,一些人牵引着马。人群围观着队伍时我靠后站着,大家摸着他们、拥抱着一个个士兵,兴奋地大笑着("全都平安无事!"有人在叫着),一直走到队伍中央,我才看到了一幅令人心惊胆战的景象:那辆黑色的马车后面,一大队拖拉着脚步的囚犯,一个个被绳索拴着脖子,银色的月光下是他们披着羊皮外套的模糊身影,末尾是殿后的士兵,拉着大车和驮满东西的马匹。越来越多的人跑过来了,有人手里举着燃烧的火把,牵过嘈杂的马匹,我转过身,不去看上校胜利归来的场景,回到自己屋子去了。在这一刻,我这才发现自己选择的这个居所的弊端,我本可以住在窗台上有天竺葵的迷人的小别墅里,那儿是给行政治安官准备的,可我却选择了这个位于储藏室和厨房上面的嘈杂场所,作为军事指挥部这地方倒是更像回事儿——但我们已经有多年没有军事指挥官了。我想把自己的耳朵关起来不听下面院子里传来的噪声,那地方看起来现在已经成了永久性的囚犯关押处了。我感到自己老态龙钟、疲惫不堪,只想睡觉。我现在不管什么时候,想睡就睡,并且不愿醒来。睡眠已经不再是一种疲劳治疗浴、体力的复原剂了,它是一种对现实的遗忘、一种在夜晚与毁灭的临时对抗。我觉得住在这套房间里对自己极为不利,但不仅是如此。如果我住在镇上最安静的街上的行政长官别墅里,周一至周二主持一下法庭的开庭,每天早晨出去打猎,晚上读些古典名著,对那位自命不凡的警察的所作所为听而不闻,如果我决心安然度过这倒霉的时刻,对此缄口不言,那我就可能不会活成这个样子:就像被一股海底逆流紧紧裹挟住,不想挣扎,停止游动,面对辽阔的大海和死亡听天由命。然而,我知道自己的不安是由偶然事件引起的,是因为那个在我窗底下天天哭泣,但某一天却不再哭泣的小孩子,这一点、这种对死亡的深深冷漠给我带来无比的羞愧。我本不该那天晚上举着灯到谷仓那边的小屋里去。但从另一方面看,一旦拿起了灯,我便不可能再放下灯。这死结已将自己绕成一圈,我看不到何处是尽头。

翌日一整天,上校都在小旅馆他的房间里睡觉,旅馆里的人干活走路都蹑手蹑脚的。我试图不去理会新来的那批关进院子里的囚犯。遗憾的是军营里所有的门和我寓所的楼梯都是通向院子的。这日从天一亮,我就在忙着市政府的一个租赁事项,晚上和朋友一起吃饭。在回家的路上,我碰到了那个陪同上校去沙漠的尉官,我对他平安归来表示了祝贺。"但你为什么没有向上校解释那些捕鱼人对他的审讯工作不会有任何帮助?"他看上去很不安。"我对他说过的,"他告诉我,"但他只是说,'罪犯就是罪犯'。以我的地位,我决定还是不跟他争辩。"

第二天上校开始了他的审讯。我原来以为他是个很懒散的人,最多是一个习性凶残的官僚。但现在看出我大错特错了。在追究真相时,他是不知疲倦的。审问从一早就开始了,在我天黑回去之后还在继续。他指定一个猎人给他做语言翻译,那人一辈子都在河的上游和下游射野猪,懂得上百个河边捕鱼人的词汇。那些捕鱼者一个一个地被带进上校已经把自己的审讯座安顿好的房间里,那些人被讯问到是否见过陌生的骑马者在活动。甚至连孩子也被审到了:"有没有陌生人在夜里来看过你爸爸?"(当然这是我的猜测,猜测上校在这些吓得要死、稀里糊涂、卑躬屈膝的人面前会怎样问话。)审讯后,囚犯没有被押回院子,而是被转到了军营的主会堂里去了。士兵们都被另行安置,住到镇上。我坐在关着窗子的房间里,在这个闷热无风的晚上打算读点书,支起耳朵去听或是不听喧嚣的声音。直到半夜里,审讯告一段落,这才没有砰砰的关门声和踢踢踏踏的脚步声,月光下,院子默然沉静,我这才能够睡觉。

所有的乐趣都远离了我的生活。整天就是对付数字、列制表格、拉长一些琐琐碎碎的事情来打发时间。到了晚上,我在旅馆吃饭,饭后不想回家,就上楼到挤满小单间和隔间的地方睡觉,那里是马仔和妓女的房间。

我睡觉像个死人。当我在清晨的熹微中醒过来时,一个蜷着身子的女子正睡在房内地板上,她是那些娱乐男人的女孩子里头的一个。我碰碰她的胳膊:"你干吗睡在这儿?"

她朝我微微一笑。"没事啦。我很舒服。(这倒千真万确:她躺在地板上那块柔软的羊皮上,打着哈欠伸展身子,她玲珑的身姿甚至还盖不住一张羊皮。)你在睡梦中翻来覆去,叫我走开,所以我决定不如睡在这儿。"

"我说过要你走开?"

"是的,在你睡梦中。别心烦了。"她爬上床睡在我身边。我怀着感激之心抱住了她,心里没有一丝欲念。

"我今晚还会睡在这里。"我说。她用鼻子蹭着我的胸前。这样看来,无论我对她说什么话,她都会怀着同情心、怀着好意倾听。但我能怎么说呢?"晚上你和我睡觉时有很糟糕的事情发生"?虽说胡狼抢去了野兔的饭碗,但地球还在转动。

又是一个白天一个夜晚,我摆脱了给我带来痛苦的帝国,睡在这个姑娘的臂弯里。到了早上,她就又重新躺到地板上。她嘲笑我的惊怯:"你用手脚一起把我推开了。快别那么烦心了。我们没法想做什么梦就做什么梦,睡着了我们做什么也控制不了。"我呻吟一下把脸转开去。我认识她已经有一年了,在这房间里,我有时候一周来找她两次。我对她有一种平静的爱,这也许是一个老男人和一个二十岁的女孩最好的关系了,肯定要比占有的激情更好些。我曾经好玩地想过要她和我一起生活。我试图回忆起夜间把她推开时所做的噩梦,但怎么也回忆不起来。"如果我再把你推开去,你一定要把我弄醒。"我告诉她。

一天,我正坐在法院的办公室里,一位造访者宣告到来。是乔尔上校,他在室内也戴着那遮挡眼睛的玩意儿,走进来坐在我的对面。我给他倒了茶,很惊异自己端茶的手居然很沉稳。他说,他要走了。我应该掩饰自己的高兴吗?他啜了一口茶,身板笔直地拘坐在那里,眼睛巡视着房间:一层叠着一层的架子上,一捆捆的文件用绳子扎着堆在一起,这是几十年攒下来的枯燥乏味的官方文牍;还有那个摆放法律文件的小书架,以及乱七八糟的桌面。他的审讯告一段落,得马上赶回首都去做他的报告。他说话时有一种强自抑制的得意口气。我点头表示理解。"如果可以为您的旅途方便效劳的话？……"我说。一个停顿。然后是沉默，我的探问，就像一颗小石子投入了池塘。

"关于您的审讯，上校，对那些游牧部落和土著的审讯，是否按您的计划达到了预期的目的？"

在回答这个问题前，他两只手指尖对指尖地顶在一起。我有一种感觉，就是他很知道这些小动作能把我激怒到什么程度。"是的，行政长官，我可以说，我们已经取得了某种胜利。特别是您要考虑到边境其他地区正在与我们共同协调进行的调查也在进行之中。"

"这就好。但是否可以说我们没什么可怕的了？我们在夜里可以高枕无忧了？"

他从嘴角折出了一点儿微笑。站起来，一鞠躬，转身，走了。第二天一早他就带着个小随从一起离去，从东面那条长路返回首都去了。整个难熬的事件过程中，他和我都做到了在彼此相处中表现得像个文明人。我一辈子都崇尚文明的行为举止，但只有这一次，我不能否认这次自己的行为举止给我留下了非常糟糕的记忆。

我第一个行动是去见那些囚犯。我把囚禁那些人的军营会堂大门打开，里面冲天的臭气令人反胃，我让门大敞着。"把他们带出这个地方！"我朝裸着上身的士兵们叫喊，他们正站在那里喝粥，一边看着我。囚犯们从昏暗的囚室里冷漠地回看着我们。"赶快进去把房间彻底弄干净！"我喊道，"每个地方都得彻底打扫干净！肥皂！水！每个地方都得和以前一样干净！"士兵们即刻遵命行动；但是我为什么冲着他们发火呢？他们肯定要这样问。囚犯们走进白天的光线,一个个眨着眼,并伸出手挡着自己的眼睛。其中一个妇女需要救护,她一直在发抖,像是个老妪,其实她很年轻。有些人病得非常厉害,站都站不起来。

我最后一次看见他们是五天以前(如果我可以把自己勉强投向他们的茫然目光称作看见的话)。在这五天里他们的情形我一无所知。现在他们被卫兵赶到院子里,在一个角落里绝望地挤成一堆,游牧部落的人和捕鱼人都混在一起,带着疾病、饥饿、伤痛和恐惧。如果这令人费解的世界历史的一章能够马上终结,如果这些丑陋的人们能够从地球表面消失掉,然后我们立誓创造一个新的开端,把帝国建立在一个不再有不公正、不再有痛苦的地方,那是最好不过的了。其实把他们驱赶到沙漠不必费多大气力(先给他们一些吃的,也许就更容易办到了),让他们挖一个坑,用他们最后一点力气挖掘,挖到他们所有的人都能躺进去那么大(或者替他们挖好!),就把他们永远永远地埋葬在那里,然后回到充满新思维和新设想的安全的镇上。但这不是我的方式。帝国的新人该是崇尚新开端、新篇章、从头再来的人;我在旧的故事中继续挣扎,只希望在事情结束之前能够让我明白为此大费周折也算值得。所以我还是行使此地今日的行政律法和命令,下令喂饱这些囚犯,又把医生叫来,叫他尽其可能减轻这些人的病痛,使军营复归军营,使这些人能尽早地恢复以前的生活状态,离这里越远越好。

第 二 章

她跪在离军营大门几步远的围墙阴影里,披裹着一件比自己身量要大不少的外套,一顶皮帽底朝天地搁在她跟前的地上。她有野蛮人特有的两道笔直漆黑的眉毛和光滑的黑发。一个蛮族女人在镇上乞讨做什么呢?那帽子里只有寥寥几个小钱。

我这天里又经过她的身边两次。每次她都奇怪地看我,直瞪瞪地看着前方直到我走近她,才慢慢地把头从我这个方向转开去。第二次经过时,我在她的帽子里扔了一个硬币。"天晚了,待在外面太冷。"我说。她点点头。太阳在一片乌云后面落下;北面刮来的风预示着要下雪;广场上空空如也;我走过那里。

第二天她不在那儿。我向看门人打听:"有个女人昨天一整天坐在那儿乞讨。她从什么地方来的?"那女人是个瞎子,他回答。她是上校带回来的野蛮人当中的一个。别人遣返时,她被落在这里了。

几天后,我看见她正穿过广场,拄着两根拐棍,走得很慢,羊皮外套拖曳在身后的尘土中。我叫人把她带进我的房间里。她支着拐棍站在我面前。"脱下帽子。"我说。带她进来的士兵给她摘下了帽子。就是那个乞讨的姑娘,同样覆盖在前额的黑发刘海,同样宽大的嘴巴,黑色的眼睛穿过我的目光。

"他们告诉我你是个盲人。"

"我能看得见。"她说。她的眼睛从我脸上挪开,直瞪瞪地看着我脑后右边的某个地方。

"你从哪里来?"我下意识地往自己肩后瞅去;她瞪眼看的是空无一物的墙壁。可她的凝视却坚执滞重。虽说早已知道答案,我还是重复了我的问题。她以沉默作答。

我打发走士兵。我们两人单独在一起。

"我知道你是谁,"我说,"你坐下好吗?"我拿着她的拐棍,帮她坐到一张凳子上。她外套下面穿着一条宽大的粗麻布衬裤,衬裤塞在笨重的靴筒里。身上有一股烟草味、脏衣服的霉味和鱼腥气。她两只手粗硬起茧。

"你靠乞讨过日子吗?"我问,"你知不知道你不能待在这镇上。我们随时都可以把你赶走,把你送回你们自己人那里。"

她坐在那里,两眼怪诞地朝前凝视。

"看着我。"我说。

"我就在看你。这就是我看人的样子。"

我在她眼前挥了挥手。她眨了眨眼睛。我把脸凑得更近些,看进她的眼睛里去。她把凝视的双眼从墙那里转向我。黑色的瞳仁衬着牛奶似的眼白,像是孩童的眼睛。我用手触了一下她的面颊,她惊跳起来。

"我刚才问你靠什么过日子。"

她耸耸肩。"我给人洗衣服。"

"你住在哪儿？"

"我有住处。"

"我们不准流浪者在镇上出没。冬天就要来了。你必须要有个住的地方。否则你就得回你自己人那儿去。"

她执拗地坐在那里。我明白自己是在旁敲侧击地探询。

"我可以给你一份工作。我需要一个人来清理房间，同时做些洗衣服的活儿。现在干活的一个女工总叫人不大满意。"

她明白了我是要给她一份差事。她僵直地坐着，两手摆在膝盖上。

"就你自己一个人吗？你说。"

"是的。"她低声呢喃。又清了清喉咙。"是的。"

"我给了你这样一份差事，你不能再上街乞讨了。我不准许这样。说来你在这儿必须要有个住处。你要是在这儿干活，可以跟厨娘合住一个房间。"

"你不明白。你们不会要我这样的。"她伸手摸索拐棍。我知道她看不见。"我是……"她伸出一根食指，另一只手握紧它扭动着。我不明白这手势意味着什么。"我能走了吗？"她径自就朝楼梯口走去，然后站在那里等我扶她下楼。

过了一天，我眺望广场，风儿在那边戏逐着一阵阵扬尘。两个小男孩在那里玩滚圆环的游戏。他们向风里滚动着圆环。圆环向前，慢下来，晃晃悠悠，向后滚动，终于倒了。两个男孩仰面朝圆环跑去,头发在风中向后掠去,露出清亮的额头。

我发现了那女孩,站在她面前。她背靠着老胡桃树林中的一个树桩坐在那里:很难看出她是醒着还是睡着。"来吧。"我说,碰碰她的肩。她摇了摇头。"来吧,"我说,"别人都在屋子里呢。"我拿过她的帽子掸了掸灰又递给了她,帮她站起来,陪她一起慢慢穿过广场,广场上空空荡荡,只有守门人站在那儿,他用手护着眼睛朝我们看。

火点上了。我拉上了帘子,点亮了灯。她不愿坐那个板凳,放下了拐棍,跪坐在地毯当中。

"这事情不是你想的那样。"我说。我说这话有点勉强。我真的能原谅我自己吗?她的嘴唇闭得紧紧的,她的耳朵想必也这样,她根本就不需要老年男人和他们的微弱的良知。我在她旁边轻手轻脚地走动,告诉她有关不准流浪的治安条令,感到自己很恶心。她的皮肤在门窗紧闭的温暖房间里慢慢泛出亮光。她用力扯开外套,把脖子对着炉火。我意识到,其实自己跟那些折磨她的人之间没有多大差别;我陡然起颤。

"让我看看你的脚,"我换了副沉厚的让我自己很陌生的嗓音和她说话,"我瞧瞧他们把你的脚弄成什么样了。"

她既不推辞也不配合。我动手拨弄她鞋上的系带和扣眼,接着脱下她的靴子。她穿的是男人的靴子。比她的脚大得多。脱出来的脚包裹在长布条里,都没有脚的形状了。

"让我瞧瞧。"我说。

她开始解开肮脏的裹脚布。我离开了房间,到楼下厨房里去,带回来一个水盆,还有一把盛着热水的带嘴壶。她在沙发上坐着等我,光着脚,脚又肿又胀,十个脚趾又短又粗,趾甲里满是污垢。

她伸出一根手指摸到脚踝外侧。"这里断了。另一只也是。"她撑着两手身子向后仰,两腿伸展开来。

"疼吗?"我说。我伸出手指沿着她说的那个部位触摸一圈,没感到什么异样。

"现在没什么了。已经好了。也许天冷还会复发。"

"你得坐着。"我说。我帮她脱去外套,帮她坐在板凳上,往盆里倒上热水,开始为她洗脚。一开始,她的腿有点僵硬,慢慢地就放松了。

我慢慢地洗着,涂着肥皂,紧握着她肌肉紧实的一双小腿肚子;揉搓着她脚上的骨骼和肌腱;在她的脚趾缝间搓揉着。我变换着跪着的位置,转到她身侧,把她的腿夹在我的肘弯和腰际,这样可以用两只手一起来抚摩她的脚。

我完全沉浸在自己的动作的节律中。甚至把这女孩自身都置之脑后。对我来说,这是一段空白的时间:也许这会儿我根本都不存在。当我回过神来,手指间的动作松懈下来了,她的脚搁在水盆里,我垂下脑袋。

我把右脚擦干,又转到另一只脚,把她宽大的衬裤的裤腿卷到膝盖上去,尽力驱散自己的睡意,开始洗她的左脚。"有时候这房间会很热。"我说。她的腿压在我腰肋上的分量不轻。我继续洗着。"我会找一条干净点的绷带给你包脚,"我说,"但现在不行。"我把水盆推开,一边把她的脚擦干。我发现这女孩挣扎着想自己站起来,现在我想,她是得自己照顾自己了。我闭上了眼睛。眼睛合拢成为一种强烈的愉悦,去品味那种极美妙的眩晕感觉。我舒展身子躺倒在地毯上。马上就睡着了。半夜里醒来感到身子又冷又僵。火已经熄灭了,女孩走了。

* *

我看着她吃。她吃起来就像一个盲人,眼睛望着远处,凭触觉动作。她有一个好胃口,一个健壮的乡下年轻女子的胃口。

"我不相信你能看得见。"我说。

"我看得见的。我对直看过去是什么也没有,只是——"(她抚拭着面前的空气就像人家擦窗子似的。)

"一片模糊。"我说。

"是一片模糊。但我可以看见眼角外边的东西。左眼比右眼好些。要是看不见的话我怎么走路呢?"

"是他们干的吗?"

"是的。"

"他们干了什么?"

她耸耸肩不作声。她的盘子空了。我又给盛满了她似乎特别喜欢的炖豆子。她吃得太快了,一只手捂着嘴不停地打嗝,又微笑起来。"吃豆子好放屁。"她说。房间很暖和,她的外套挂在角落里,靴子放在下面,她只穿着一件白色罩衫和那条宽衬裤。她不看着我的时候,我只是她视觉边缘的一个灰色的来回飘移的人形;当她看着我的时候,我是一片模糊的影子、一个声音、一种嗅觉、一处活力的源泉——有一天在给她洗脚时睡着了;第二天又给她吃炖豆子;再过一天还会——她就不知道了。

我让她坐着,两脚放在盆里,把她的长衬裤卷到膝盖上。现在两只脚都放在水里了,我可看出左脚比右脚更向内弯曲,所以她站立时需用脚掌外侧来支撑。她的脚踝很粗大,肿胀着,伤口处的皮肤发紫。

我开始洗她的脚。她轮流举起脚来让我洗。在乳白的肥皂沫里,我揉捏和按摩着她松弛的脚趾。不一会儿,我又阖上了眼,脑袋耷拉下来。这,是一种非凡的喜悦。

洗完脚,我接着洗她的腿。这样,她就得站在盆里靠在我肩上。我两手上下搓洗着她的腿,从脚踝到膝盖,从后面到前面,揉捏着、轻抚着、摩挲着。她两腿短而粗壮,小腿壮实。有时我把手指挪到膝盖后面,摸索着她的肌腱,手指往肌肉中间抠进去。我的手指如羽毛般轻盈地伸上她的大腿后面。

我扶她上了床,用一条暖暖和和的大毛巾把她揩干。我修剪清理她的趾甲,可是睡意一阵阵袭来,笼罩了我全部身心。我发现自己正垂下脑袋,身子昏沉沉地向前倒,于是小心地把剪刀搁在一边。然后,我就和衣头对着脚躺在她身旁。我把她的两腿一起抱在胳膊里,头枕在上边,很快就睡熟了。

我在黑夜里醒来,灯已熄灭,有股灯芯烧焦的气味。我起来拉开帘子,见那女孩蜷缩着身子睡在那里,膝盖弓起顶着前胸。我碰碰她,她哼了一声蜷缩得更拢了。"你会着凉的。"我说。但她什么也没听见。我给她盖上了一条毯子,又加上一条。

* *

最先开始的是洗涤仪式,现在她赤裸着身子。我照例先洗她的脚,然后是她的腿,她的臀部。沾着肥皂沫的手游走在她的大腿中间,我觉得自己一点没有好奇心。洗到她的腋窝时她抬起了胳膊。我给她洗肚子、洗乳房。我把她的头发捋到一边,洗她的脖颈、她的喉部。她很耐心。我给她冲干净后就把她揩干。

她躺在床上,我用杏仁油涂抹她的身子。我闭上眼睛任由自己沉浸在涂抹的节奏中。火焰高高蹿起,在炉膛里呼啸着。

我丝毫没有进入这个粗壮结实、此刻被火光照得闪闪发亮的身躯的欲望。我们上次交谈后已过了一个星期。我给她吃东西、提供住宿、使用她的身体——如果我这种奇异方式可以说是使用的话。曾经有些时候,当某个亲热举动触到她时,她的身体会变得僵硬起来;然而现在,我把脸埋在她的小腹中或是把她的双脚夹在我的两腿间,她不再有那种抗拒了。她对什么都不抗拒。有时她会在我还没完事时就睡过去了。她睡得香沉,真像个孩子。

对我来说,在她蒙眬的注视下,在这个暖意融融的房间里,我尽管一丝不挂也不会感到有什么尴尬,我袒裸着细细的小腿、松松垮垮的生殖器、肥腆的肚皮、一个糟老头下垂的胸脯和火鸡皮一般起皱的脖颈。我发觉自己可以毫不在意地赤裸着身子在房间里踱来踱去,有时女孩去睡了,我就待在火炉边取暖,或是坐在椅子上看书。

然而,在爱抚她的过程中,我越来越容易昏睡过去,就像被一柄利斧砍倒似的,噗地倒在她身上沉睡过去,一两个小时后头昏眼花地醒来,迷迷糊糊,口渴得要命。这段无梦的睡眠对我来说像是死亡,或是中了魔法一样,完全是一片空白,像是发生在时间以外的事情。

一天晚上,我正用油在搽抹她的头皮,按摩她的太阳穴和前额时,留意到她的一处眼角有一道灰白的皱褶,像是爬着一条毛虫,毛虫的头部揳入眼睑下方。

"这是什么?"我问。用指甲抚着这条毛虫似的疤痕。

"这是他们弄的。"她说。把我的手推了开去。

"痛吗?"

她摇摇头。

"让我看。"

我心里的念头越来越明确,非要弄清她身上这些伤痕的来历不可,否则我不能放她走。我用食指和大拇指分开她的眼睑,那"毛虫"的头断在眼睑里面的粉红色内褶里。没有其他痕迹,这只眼睛是完整的。

我审视着她的眼睛。我也同样被她审视,可是她真的看不见吗——除了我的脚,这房间的几个部分,薄雾一样的光圈;而光圈的中央,我所在之处,是一片模糊,一片空白?我用手在她的面孔前轻轻移动,观察着她瞳孔变化。我看不到任何反应。她没有眨眼。但她微笑起来:"你干吗?

你以为我看不见?"她的眼睛是棕色的,深得发黑。

我用嘴唇碰了碰她的前额。"他们对你做了什么?"我喃喃低语,我的声音滞缓,由于疲劳脚下已是摇摇晃晃,"你为什么不愿告诉我?"

她摇了摇头。在昏眩的边缘我又一次想起,触摸着她臀部时,我的手指感到皮肤下面纵横交错凹凸不平,有一种不真实的感觉。"没有什么会比我们想象的更糟。"我含含糊糊地说。不知她听没听到我的话,甚至连反应都没有。我沉重地倒在长沙发上,顺势把她拽到身旁,打着哈欠。"告诉我,"我想说,"别把它搞得这么神秘,痛就是痛。"但话已经说不出来了。我的胳膊还搂着她,嘴唇凑在她的耳朵上,竭力想要说话,但眼前一黑。

* *

我把她从乞讨的窘境中解脱出来,安置在营地厨房里做一个洗涤女仆。"从厨房到行政治安官的床榻只有十六步路"——这就是士兵们议论厨房女仆的话。他们还这样说:"行政治安官每天早上离开房间前最后一件事是什么?——把他的新宠关在烤箱里。"在这个小地方,充斥着各种各样嚼舌头的话。这里没有隐私这回事。飞短流长是我们呼吸的空气。

一天之中,她有段时间是在洗碗碟,削蔬果皮,还得帮着烤面包,给士兵们准备一顿又一顿的麦片粥、汤和炖品。除她之外,厨房里还有一个老太太和两个姑娘,老太太掌管厨房的年头几乎和我在这里做行政长官的时间一样长；那两姑娘中年轻一点的那个去年一年里上楼来过一两次。我原来还担心那两姑娘会结成一伙排斥她,但其实并没有这样,她们很快就成了好朋友。我出门经过厨房时,弥漫的蒸汽中传出说话声、轻柔的交谈、咯咯的笑……我隐约觉出自己让一份小小的妒忌捅了一下,觉得好笑。

"你觉得在这里干活好不好?"我问她。

"我喜欢那两个姑娘,她们都很好。"

"至少比讨饭好,是吧?"

"是的。"

如果她们碰巧没在别处过夜,三个姑娘就会一起睡在跟厨房隔着几扇门的一个小房间里。她到我这里来,而我在半夜或是一早就把她遣回的话,她就摸黑回那个房间去。毫无疑问她的伙伴们会拿她幽会的事情嚼舌头,那种种细节想必也早已成为市井传言。男人愈老,他的性事也就愈让人觉得稀奇古怪,就像动物濒死前在抽搐。我不能扮演心如铁石的硬汉或是圣洁的鳏夫那路角色。别人那些窃笑、戏谑、心照不宣的眼神——这些都是我不得不付出的代价。

"你喜欢住在这儿,这个镇上吗?"我小心地问她。

"大部分时候都喜欢。有许多事儿好做。"

"有什么惦记的事儿吗?"

"我想我姐姐。"

"如果你真的要回去,"我说,"我会安排人带你去。"

"去什么地方?"她问。她仰面躺在那里,两手安放在乳房上。我躺在她身边,轻声说着话。这经常是沉默倏然降临的时刻。总是在这样的时候,我抚摸她肚子的手看上去像是龙虾螯钳一般笨拙。如果有过可称为情色冲动的话,那也消退下去了。我很惊诧地发现,在抱紧这个壮实的姑娘时,自己都记不得为何对她有过欲念。自己是要她还是不要她,我都感到恼火。

她对我的情绪波动浑然不觉。她对于每天形成的固定流程看上去似乎挺满意的。每天早上我走了以后她就来清扫房间。然后去厨房帮忙准备中饭。下午的时间一般属于她自己。晚饭后,收拾好所有的锅碗瓢盆,擦好地板,封好火炉后,她就离开同伴上楼到我这里来。她脱下衣服躺下来,等着我那种让她费解的行为。有时我坐在她的身边用手轻抚她的身体,等待着从未真正到来过的一阵热潮。有时也许我只是吹灭了灯和她躺在一起。黑暗中她很快就忘记了我,睡着了。于是我躺在这个年轻健康的身体旁边,一边想象着这个身体在睡眠中变得更健康,甚至想象到那些无法治愈的创伤,她的眼睛、她的脚,也努力靠休息试着恢复如初。

我收回了思绪,试图想象以前的她。我敢肯定,在她被带进这个地方的那一天我见到过她,她和其他野蛮人囚犯一起被士兵用绳子套着脖子。我知道,当她跟其他囚犯一起坐在军营院子里等候未知的命运时,我的目光肯定扫到过她。我的目光扫到过她,但是对这一情节我毫无记忆。那天,她身上还没有这般受伤的印记,我肯定她身上的伤痕不是与生俱来,如同肯定她以前曾是个孩子一样,一个扎着小尾巴辫子的小姑娘在辽阔的天地里追赶着她娇宠的小羊;而在离开那个世界很远的地方,我正以自己生命的骄傲漫步。可是我穷尽一切想象,我的第一个印象仍然是:一个跪地乞讨的女孩。

我至今未进入过她的身体。一开始我的欲望就没向这个方向去过。把我老年男人的生殖器插入那个鲜润的肉鞘中去,使我想到的是变酸的牛奶、落进灰尘的蜂蜜和掺了粉尘的面包。当我注视着她和我自己的裸体时,真难相信,我很久以前想象人体是一朵花,一朵从胯下那个中心点绽放开来的花。她的和我的身体,感觉是弥散的、气雾状的、无中心的;某一刻,我们的身体在此转成旋涡;而在别处,又会是一种凝结的状态,变得稠厚起来;但通常的状态,只是扁平而空洞。我对她身体的无奈,就像天空中一朵云彩并不能把另一朵云彩怎么样。

我看着她脱去衣服,企望从她的动作中捕捉到她过去无拘无束时的某些蛛丝马迹。但即便在这样的时候,她把罩衫拉起从脑袋上脱出去扔到一边,也带着一种捉摸不定的、防御性的、未能摆脱拘谨的怯意,好像害怕会撞到什么看不见的障碍。她有一种知道自己在被人看的神情。

我从设陷阱捕猎的人手里买了一只银色的小狐狸崽子,它才几个月大,刚断了奶,长出参差不齐的锯齿状牙齿。第一天她把它带到厨房去,那小狐狸被火光和吵嚷声吓坏了,我只好把它带到楼上去,它就整天蜷缩在家具底下。夜里,有时会听到它四处走动时爪子在木地板上弄出"喀啦喀啦"的声音。它会舔食茶碟里的牛奶,吃我们剩下的熟肉。不可能在家里驯养它,因为它屙出的粪便会弄得屋里臭气熏天。可是放它到院子里去也还太早。每隔几天我把厨子的孙子喊进来,叫他爬到橱柜后面和椅子底下去清理那些秽物。

"真是个可爱的小东西。"我说。

她耸耸肩。"动物都应该在屋子外边。"

"你是说,我应该把它带到湖边放归野外吗?"

"那不行,它太小了,会饿死的,要不就会让狗叼了去。"

就这样,小狐崽留下来了。我有时看见它从黑暗的角落里伸出嘴巴探来探去。除此之外,它带给我的只有夜里弄出的声响和叫人受不了的尿臊味,我盼着它再长大一点好把它弄出去。

"人家会说,我屋里养了两个野生动物,一只狐狸,一个姑娘。"

她没把这话看作是玩笑,也可能是她不喜欢这样的笑话。她的嘴唇紧抿着,眼睛定定地看着墙壁。我明白这是她尽力在怒不可遏地对我瞋目相视。我不禁怜惜起她来,但我还能怎么着?我出现在她面前时,不管是穿着正式的礼服还是赤条条地站在那儿对她敞开胸怀,在她眼里都是一回事儿。"对不起。"我说,这话缓缓地从我嘴里滑了出来。我伸出五个生面团似的手指轻抚着她的头发。"你当然是不一样的。"

* *

我找那些曾在审讯囚犯期间值日的人逐个谈话。每个人的回答都差不多：他们几乎没有机会和囚犯们说话，也不被准许进入审讯的房间，所以他们没法告诉我那段时间在那里面发生的事情。但从一个清洁女工嘴里我打听到那间审讯室的些许情形："只有一张小桌子，三把凳子，角落里有一张垫子，另外的地方光秃秃的……不，没有火，只有一只火盆。我曾去清过火盆里的灰渣。"

由于生活又回到了正常状态，那房间也就重新被使用起来了。按我吩咐，四个住在那儿的士兵把他们的箱子搬到走廊上，把室内的睡垫、铺板和茶缸搁在那上面，扯下他们的晾衣绳。我关上门站在搬得空荡荡的房间里。空气凝滞而寒冷。湖水已开始结冰封冻。第一场雪落下来了。我听见远处小马车传来的铃声叮当。我闭上眼睛努力想象着两个月前上校还没来这里时房间的情景，可是外面那四个年轻人走来走去的动静让我无法进入自己的幻想。他们搓着手、跺着脚，嘴里咕咕哝哝的，不耐烦地等候我从房里出来，他们温热的呼吸在空气中化作白乎乎的雾气。

我跪下来察看地板。地板是干净的，每天都做过清扫，和其他房间一样。壁炉上方的墙壁和天花板上都留下了煤烟的污渍。墙上还有一块和我手掌一般大小的地方沾上了煤烟。不过别处的墙上什么污渍也没有。我能找到什么标记呢？我打开房门，让那四个士兵把他们的东西再搬回去。

后来我又找两个曾在院子里值过班的卫兵问话。"告诉我囚犯受审时发生的确切事况。告诉我你们自己看见的情景。"

高一点的那个,生着长脸颊、神情猴急的男孩,是我一直挺喜欢的一个卫兵,他回答说:"那个军官……"

"那个警官?"

"是的……那个警官曾到关押囚犯的会堂里来过,他指定谁,我们就把他要的那个囚犯带出去受审。事后再把他们带回来。"

"一次带一个?"

"不一定。有时两个。"

"你知道有个囚犯后来死了。还记得那个囚犯吗?你知道他们是怎么整他的吗?"

"我们听说他脑子错乱了,攻击审讯的人。"

"是吗?"

"这是我们听来的。我帮着把他弄回会堂。那些囚犯都在那儿睡觉。他怪怪地喘着气,呼吸急促而深沉。这就是我最后见到他的样子。第二天,他就死了。"

"说下去,我在听着。我要你把所有记得的事情告诉我。"

那男孩脸涨得通红,我肯定他曾被告诫不准说出去。"那个人比别人受审的时间都要长。我看见他第一次被带进来之后,独自坐在角落里,捂着他的脑袋。"他的眼睛向同伴眨了一下,"他什么也不吃。他不想吃。他的女儿和他在一起:她想劝他吃点东西,可他就是不吃。"

"他的女儿怎么啦?"

"她也被提审了,不过时间没那么长。"

"说下去。"

他却打住不说了。

"听着。"我说,"我们都知道他女儿是谁。就是现在和我待在一起的那姑娘。这不是什么秘密。好了,说下去,告诉我发生的事情。"

"我不知道,长官!大部分时间我都不在那里。"他向身边的同伴乞援,那一个却不吱声,"有时那里传出尖叫声,我想是他们在打她,可是我不在那儿。我一下班就走了。"

"你知道直到今天她都不能走路。他们打断了她的脚。那帮家伙这样折磨她时,另一个人——她父亲——也在场吗?"

"是的,我想是的。"

"你知道她再也不能清清楚楚地看东西了。他们是什么时候下手的?"

"长官,当时有许多囚犯要管,有的还病了!我听说她的脚被打得骨折了,不过她眼睛也被弄瞎的事情是过了好久才知道的。对这些事儿我无能为力,我不想卷进一桩我不理解的事情里去。"

他的同伴没什么要说的。我遣走了他们。"别害怕,不要因为对我说了什么就怎么了。"

夜里,那个梦又来了。我在白茫茫一片无垠无尽的雪地里跋涉,朝着一群正玩着搭建白雪城堡游戏的小人影儿走去。走近时那些孩子或是一哄而散,或是消失得无影无踪。只剩下一个,那个戴着风帽背朝着我坐在地上的孩子。那孩子一直埋头用积雪拍筑城堡的侧面,我绕着孩子走了一圈,窥探那风帽下的面庞。我看见的这张脸是空白的,没有五官;宛如一张胚胎的脸或是一条小鲸鱼;总之这根本不是什么人的面部,只是人体的某个部位从皮肤底下鼓凸出来而已——那是白颜色的,就是白雪。麻木的手指间,我伸出一枚硬币。

* *

冬天长驻下来了。从北方刮过来的寒风,在接下去的四个月里还会越刮越猛。我站在窗前,额头抵着冰凉的玻璃倾听屋檐间的呼啸,屋顶上松动的瓦片被刮得颠起颠落。一阵阵尘土卷过广场,拍打着窗玻璃。空气中满是浮尘,太阳搅进那片橘色的天空里,铸成一片红铜色。这时节的一场又一场风雪短暂地用白色装点大地。大地陷入了隆冬季节。田野一派空旷寥落,除了那些以打猎为生的人,没有谁非得跑到城外去。守备部队一周两次的检阅也暂时停止了,士兵们若是自己愿意都被允许离开营地住到镇上去,因为在营房里除了睡觉喝酒他们没别的事可干。清晨我从堞墙那边走过时,看到有一半的瞭望哨都空着,只有少数几个卫兵还在哨位上,他们裹在层层毛皮里面,费劲地举起手来行礼。按说他们也蛮可以待在床上。帝国在冬天里是安全的:在我们看不见的地方,遥远的野蛮人也正蜷缩在他们的火炉旁,咬紧牙关抵御着寒冷。

今年没有野蛮人到来。往年入冬后,游牧部落的人通常成群结队地来到居民点,在城墙外边支起帐篷跟居民进行物品交换的贸易,拿他们的羊毛、兽皮、毛毡和皮革制品换取我们这里的棉制品、茶叶、糖、大豆和面粉。我们都挺看好野蛮人的皮革制品,特别是他们缝制结实的皮靴。过去我也曾鼓励这种以货易货的商贸形式,只是禁止货币交易。我试图禁止野蛮人进入小酒馆。最要紧的是,我不想看见城镇边境上出现一个寄生者的聚集地,成天游荡着酗酒成性的乞丐和无业游民。过去,令我痛心的是他们许多人都毁在那些狡诈的店主手里,他们把自己的货物都换酒喝了,喝得不省人事地躺倒在阴沟里,于是更加剧了本地居民对野蛮人心存偏见的人云亦云:野蛮人就是懒惰、没有道德感、肮脏、愚蠢。在这个地区,文明就是使野蛮人堕落,孵化出一群只能依赖别人的人,所以我打定主意要反对这般所谓的文明,基于这种决心,我定下了自己基本的行政管理手段。(而就是这个人,如今把那个蛮族姑娘留在了自己的床上!)

然而,今年所有的边境都拉上了隔离的帷幕。我们从自己这边的城墙上瞭望远处的荒原;也知道有比我们更充满渴望的眼睛在向我们这边瞭望。商贸活动彻底完了。从首都那边传来的消息说,只要是为了帝国防卫安全,无论什么行动都可能采取,那将是不顾及一切代价的。自从这消息传过来后,我们回到了武装突袭和处处设防的时代。没别的,只有一桩事可做:擦亮刀剑、时刻警惕、准备出击。

我把时间花在如常的消遣活动上,读读经典名著;继续给自己的收藏编制目录;校核手里所用的南部沙漠那些地图;如果不是寒风砭骨的天气,我就派一队挖掘者出去清理地下藏物现场的流沙;一周里有那么一两次,我一清早就出门沿着湖边去猎羚羊。

二十多年前,羚羊和野兔多得不得了,看守庄稼的人只好带着猎狗夜里巡逻守护,防着这些动物来啃啮青苗。可是随着居民点的发达和扩张,特别是成群的狗儿们放出去狩猎后,羚羊就向东面和北面撤走了,撤到下游处或是对岸去了。现在打猎的人必须准备策马跑上一个多钟头才能开始狩猎行动。

有时早上天气不错,我便能够再现自己所有的男性力量和敏捷。如同一个幽灵,我穿过一片又一片灌木丛。穿着一双浸透了三十年油渍的靴子,涉过冰河。我在外套上加了一领宽大的旧熊皮。胡须楂上结满了冰霜,由于戴着连指手套,手指倒是热乎乎的。我的眼睛雪亮;我的耳朵敏锐;我的鼻子嗅着空气如同一只猎犬,愈觉精神踔厉,那是一种纯粹的兴奋。

这会儿,我下了马蹒跚地行走着,那片杂草丛生的沼泽地带的尽头是荒凉的西南河岸,我奋力钻进芦苇丛中。风猛烈地刮着,直吹进眼睛里,吹得两眼干涩。太阳挂在空中像一个高悬在地平线上的橘子,地平线夹着黑色和紫色的光带。几乎就是那一刻,似乎有一种冥冥中的运气,我突然撞见一头非洲水羚羊,那公羊头上有两只沉重的大犄角,身上披着自己那毛色浓密而参差不齐的外套,站在小路上侧身对着我,抬起身去够芦苇梢时,它摇摇晃晃的。从不到三十步的距离,我可以看见它的下颌不动声色地转着圈儿,可以听到蹄子践入水中的动静。在足蹄践踏的地方,绕着后蹄骨突处的丛毛,我可以看到挂在上面的冰珠子。

我还没充分察看周围的环境,但趁那公羊站在那里炕起前蹄时,我举枪瞄准了它的肩部。一连串动作流畅而稳健。也许是太阳照在枪管上泛射的闪光,它落地时回过头来瞥见了我。它的足蹄踏着地上的冰凌弄出克拉克拉的声响,它的下颌转了一半停住了,我们彼此盯视着对方。

我的心跳并没有加快:撂不撂倒这只公羊对我来说显然并不重要。

它的嘴巴又开始嚼动起来,下颌镰刀般切断了芦苇,忽而又停住了。在这清晨沉静的时分,我觉得一种微妙的难以言述的伤感蛰伏在意识边缘。当这头公羊在面前纹丝不动地与我对峙的时间里,似乎会是一个什么事情都有可能发生的过程,这过程甚至把我的凝视拽向了自己的内心,琢磨着为何狩猎的乐趣已荡然无存。感觉上这已经不是清晨的狩猎行动,而变成了这样一种场面:或是这头骄傲的公羚羊淌着血倒毙在冰层上;或是这老猎人失去自己的目标。在这个似乎凝固的时间里,命运像是被锁定在某一布局中——每一桩事情都不是它们本来的面目,而代表着另外的事情。我站在一个几乎称不上什么隐蔽的地方,试图打消这种别扭的令人不快的感触。最后那公羊轻轻摆动尾巴,一阵足蹄声消失在高处的芦苇丛里。

我又漫无目的地游荡了一个小时,然后回家了。

"以前我从来没有像这样神不守舍。"我把这事告诉那姑娘,竭力向她解释发生的一切。她被这样的谈话弄得局促不安,我似乎在要求她回答,这给她压力。"我不懂。"她摇摇头,"难道你不想射死那头公羊?"她说。

良久,我们都沉默着。

"你要想做什么,做就是了。"她非常肯定地说。她尽力想把自己的意思说清楚,但也许她真正的意思是:"如果你确实想做这件事,你本可以做成它。"这种权当沟通的语言传递不了细微的意味。我注意到,她喜欢事实,注重务实的格言;没有什么想入非非的念头,也不会追问和揣度什么。我们是极不般配的一对儿。也许这就是野蛮人的孩子被教养成长的方式:扎根于现实、根据父辈一代一代传下来的智慧去生活。

"你呢?"我问,"你是做自己想要做的任何事情吗?"我意识到这种谈话正危险地被言辞扯向远处,"你在这儿和我一起睡在一张床上,是因为你想要这样做吗?"

她全身赤裸地躺着,闪着油光的皮肤在火光映射下泛出金色的亮光。有些时候——我感觉此刻正是一个起始儿——我对她的欲望,通常都是隐晦的、含含糊糊的,进入了隐约可辨的形体。我的手轻轻移动着,抚摸着她,握起一只乳房。

她没回答我的话,我继续抚摸着,紧紧抱住她,口齿不清地对着她的耳朵说:"喂,告诉我你为什么在这里?"

"没别处可去。"

"那么,为什么我要留你在这儿?"

她扭开身子挣脱我的怀抱,拳起手握成拳头抵在她和我的胸脯之间。"你就喜欢一个劲儿地唠叨。"她抱怨道。简单明了的时刻结束了,我们分开来,并排躺着。什么鸟儿有兴致在带刺的灌木丛里唱歌呢?"你要是不喜欢打猎就不该去。"

我摇了摇头。这不是事情的症结所在,可是跟她能争论出什么结果呢?我就像一个蹩脚的导师,拿着"助产"的钳子①四处乱戳,而我本该用真理来充实她。

她说:"你总是问我这件事儿,现在我来告诉你。那是一把叉子,一把只有两根齿子的叉子。齿子上是小圆球,不很锋利。他们把这叉子放到煤火上烤灼,然后用它烫你、烙你。我见过他们这样烙过的人身上的印记。"

这是我问的问题吗?我想反诘,但仍留心听着,不寒而栗。

"他们没有这样来烙我。他们说是要把我的眼睛烙掉,却没这么做。那个人拿着叉子,十分靠近我的脸,叫我看着。他们把我的眼皮撑开。但我什么也没说。就这样。

"我身上脸上的伤就是那时留下的。那以后我就再也不能清楚地看东西了。每样东西看中间都模模糊糊;只能看边缘。这感觉很难形容。

"但是现在好些了。左眼好一些。就这样。"

我把她的脸捧在手中,直视她眼睛里面那个死寂的中

---

① "助产术"即"苏格拉底方法",古希腊哲学家苏格拉底倡言的演讲术,通过引出对方的思想去加以澄清。

心,我的模样从那双眼睛里映射出来,庄严地凝视着我。

"那这个伤痕呢?"我问。抚摸着她眼角那条虫子一样的瘢痕。

"没什么。这地方让他们用叉子碰了一下。只灼伤了一丁点。这不疼。"她把我的手推开去。

"你怎样看待那些折磨你的人?"

她躺着想了好长时间。然后说:"我不想谈话了。"

*　　　*

还有些时候,我会怨恨自己陷入这样一种仪式:涂油和擦洗,一阵阵袭来的瞌睡,猝然倒下。我越来越没法理解自己究竟能在她那漠然迟钝的身体里找到何种愉悦,甚至发觉自己内心开始生出愤怒。我变得沉默内向而易恼;那女孩转过身去沉入睡眠。

在这种情绪起伏不定的状态下,有天晚上我去了那个小客栈的二楼。当我走上窗外摇摇晃晃的楼梯时,一个男人低着脑袋从我旁边擦肩而过,我没认出这匆匆下楼的是谁。我敲了敲靠近楼梯的第二扇门,推门进入房间。屋子里还是我记忆中的样子:床铺收拾得整整齐齐,床头搁板上端放着一些小饰物和玩具,两边各有一支点燃的蜡烛,贴着墙壁的烟道散发的热气把整个房间弄得暖融融的,空气中洋溢着橘花的香气。那姑娘正坐在镜子前。我进来她吓了一跳,但马上站起来用微笑欢迎我,顺手把门闩上。没有什么比让她坐到床上扒下她的衣服更自然了。她耸起肩膀顺

57

着我宽衣解带,露出她那苗条修长的身子。"瞧我多想你啊!"她叹着气说。"回到这里来真是太好了!"我也随之低语着。躺在一个奉迎的身子旁边真是太愉快了!我抱住了她,把自己埋入她的怀中,沉醉在她那小鸟般的骚动中。而另一个身体,却是自闭的、笨拙的,睡在我的床上,在另一个遥远的空间里,看上去真是不可理解。置身于这种温柔的快感中,我不能想象自己为何曾着迷于那样一个古怪异样的身体。这姑娘在我的怀里撒着娇、喘着气、高潮来临时叫喊着。我快活地微笑着,懒洋洋地半寐半醒,意识到自己甚至记不起另外那张面孔。"她是不完整的!"我对自己说。这想法马上就飘走了,但我抓住了它。我看见她那闭着的眼睛、闭着的面孔上覆盖着一层皮。那张脸一片空白,像是一只拳头上面覆着一顶黑色的假发,那张脸慢慢离开了脖子,离开了下面空白的身子,没有出气的窟窿也没有进入的口子。我睡在小鸟依人的姑娘怀里被这景象惊吓住了,忙抱紧了她。

半夜时分,我轻轻地从她怀抱中脱身出来,她低语一声,没有醒来。我在黑暗中穿好衣服走出去,把身后房门关上,蹑手蹑脚走下楼梯,踏着吱嘎作响的积雪匆匆赶回家去,夹着冰雪的风吹进我的后背。

我点亮蜡烛,俯身对着这个身体,这个身体似乎已在某种程度将我奴役。我用手指轻轻划着她脸上的轮廓线:清晰的下巴、高高的颧骨、宽大的嘴巴。我轻轻地触到了她的眼睑。我断定她准是醒着,尽管一点声息也没有。

我闭上眼,用深呼吸来平息自己激动不安的情绪,把意念集中在她身上,用黑暗中看不见的手指去触摸她。她漂亮吗?那个我刚离开的女孩,她的气息(我突然意识到)可能会被她闻到,那女孩毫无疑问是漂亮的:她那优雅小巧的身体、她的举止、她的动作,都激起我剧烈的快感。但在这一个身上,我找不到任何确定的东西。我和她之间没有那种女性气质与男人欲望的联系。我甚至不能肯定说我对她有欲望。所有这些我对她的色情举动都是间接的:我在她身边徘徊,触到了她的脸,抚摸她的身子,却没有进入她,或者说没觉得有进入的迫切心情。我刚从一个相好了一年之久的女人床上回到这儿,在她那里,我一刻也不会去审视自己的情欲:想要她就是进入她的身体,突破她的表层,把她平静的身体内核搅成一个欣喜的风暴,然后退出来,平息欲火,等待再一次的欲望掀起。但对眼前这个女人来说,她好像没有内核,只有一层表皮,而我一再探求如何进入这一问题。那些折磨拷打的人探求她的秘密时也是同样的感觉吗?他们以为那秘密是什么呢?这是第一次,我为他们生出了一种悬拟的遗憾:你以为能够用烧灼、扯拽或是砍劈来探测别人内在的秘密,从根本上就是一个错误!这姑娘睡在我的床上,但这似乎根本不用非是一张床。我的举止似乎像个情人——我脱光她的衣服、擦洗她、抚摸她、睡在她的身边——但这跟把她捆到椅子上打她没有什么两样,也许那同样是亲密的表现。

发生在我身上的这种事情并非是某些男人到一定年龄要遇到的那种问题,那些走下坡路的男人,从年轻时的放荡无拘沦落到力不从心的报复。如果我精神上有什么变化,我自有觉察,因此当晚不至于为了重新证明自己能力来这么一下。我还是那个我,跟以前一样,只是时间在这里出现了断层。出于偶然,某种事物不知怎么的从天而降落到了我的身上:在我床上的这个身体,我对它负有责任,或是似乎应该负责,否则我为什么要留它在这里?在这一段时间里,也许是永远,我自己都给弄迷糊了。似乎所有的选择都一样——不管是躺在她身边睡着或是把她裹进床单埋到雪地里去。可是,我仍然俯身朝向她,用指尖触摸她的前额,小心着不让烛油溅出。

* *

我不能确定她是不是在猜测我去了什么地方,但是第二天晚上,当我在涂油和擦拭的节律中又陷入昏昏欲睡的状态时,我觉出自己的手指停住了,停在某个部位,伸向她的两腿之间。那一刻,我的手指直伸向她的性器官,然后我往指头上多抹些热烘烘的油开始摩挲她。她的身体很快绷紧了。她弓起身子,惊觉起来,把我的手推开去。我继续擦着她的身体,直擦到我自己完全松弛下来沉入睡眠。

即便是在我们之间经历过的配合最为默契的这次动作中,我也没有什么兴奋的感觉。这没有使我和她的距离更近一些,对她的影响看上去也是微乎其微。第二天,我端视她的脸:空白一片。她穿好衣服磕磕绊绊地下楼去做她的厨房日常活计去了。

我感到内心非常焦虑。"我要怎样做才能打动你?"这是我私下在心底里的自言自语,但渐渐被我说出了口。"没有人能打动你吗?"随着交替出现的恐惧,我看见关于这个问题的答案其实一直就搁在那里:那是一张脸,黑色的镜片下有两个呆板的昆虫的眼睛,从那里面反射出来的并非双向的凝视,只是我自己的双重影像在自我对视。

我充满狂怒地摇着头。不!不!不!我对自己大喊。那是我自己,诱使我进入这些意义与回答的探究中去的,出于某种虚荣。是什么样的邪恶在萦绕着我呢?我上下求索追寻着秘密与答案,不管内容多么离奇古怪,就像一个老妇人深究着茶叶的寓意。我与那些施刑者、那些像甲壳虫似的坐等在黑暗的地下室里的人之间没有任何联系。我怎么可以相信一张床可能不是一张床;一个女人的身体不是欢乐的源泉?我必须与乔尔上校划清界限!我不要为他的罪愆而受罪!

*　　*

我开始定期去小客栈找那姑娘。有很多时候,在审判室后面我自己的办公室里,当注意力涣散开去,思绪飘向情欲的白日梦,因兴奋而变得膨胀充盈,我就像是一个贪欲的年轻人在她的身体里盘桓再三;然后不情不愿地把自己拉回到枯燥乏味的公文中,或是踱到窗前去浏览街景。我还记得自己来这儿任职的最初几年里,曾经怎样用斗篷遮挡着脸,在向晚时分踱入镇上颇显幽静的住宅区;有时会碰到一个不安分的家庭妇女斜倚在半掩半闭的门扇上,屋里壁炉的火光在她身后闪烁,她毫无退缩地迎着我的注视;我记得当时还怎样跟三三两两的街头女孩搭讪,给她们买果子露,然后,兴许会把其中的一个带到幽暗的老谷仓里的铺位上。我的一个朋友曾对我说过,到边境地区任职如果说有什么可以让人眼红的地方,那就是找到了一处放松道德戒律的绿洲,那夏季芳香弥漫的夜晚,那些殷勤顺从的女人,生着黑黑的大眼睛。多年来,我总是像得奖的种猪一样踌躇自得。后来,这种蜻蜓点水似的社交活动转向更为谨慎稳妥的关系——跟女管家们、有时跟叫到楼上我屋子里的姑娘们调情寻欢,但更多的还是勾搭楼下厨房里帮工的姑娘以及小客栈里的女孩们。我发现我对女人的需要越来越少了,更多的时间里我兴致勃勃地投入自己的工作、自己的兴趣爱好、搜集古代文物和绘制地图。

除了对女人兴趣减少,我还常常遇到那种令人不安的情况:性活动的中途竟然会感到不知所措,就像一个故事叙述者说到一半却找不到故事的线索了。我想过那些交欢的身体可怖的一幕:那些老头儿的心脏不胜负荷突然停止了跳动,嘴唇上带着歉意,他们在情侣的怀抱里溘然长逝,之后被人家抬出去抛尸暗巷以免名声受玷。性事中的高潮愈来愈遥远,愈来愈萎靡不振、荒腔走板。有时我做到一半停下了,有时只是机械地做下去,将就完事。有时候我会持续几个星期几个月孤守青灯的日子。那旧日的来自女人优雅美好的身体和温情的快感,我并没有摒弃,只是感到一种新的迷惑。我真正想要进入和占有这些美丽的生物吗?欲望似乎带着随之而来的一种暌隔和疏离,这是无须否认的。

我也常常不能明白为什么自己身体的那个部位,那个带着不合情理的强烈欲望且总是许下虚假承诺的玩意儿,怎么就应该作为欲望最主要的管道被人家所在意。有时候,我的性事对我来说全然像是另一个不相干的事,就像一头愚蠢的动物寄居在我的身上,全凭自动的欲念在膨胀或缩小,它驻扎于我的肉身,我却无法将其卸下。为什么我要带着你从一个女人跑到另一个女人那儿,我问道:就因为你生来就没有腿吗?如果你的宿主是一只猫或是一条狗,而不是我的身体,那会有什么区别?

然而,有段时间,主要是去年,小客栈里有一个绰号叫星星的女孩——我总觉得那女孩像一只鸟,在她身上我又再次领略那种令人销魂蚀骨的肉欲欢愉的力量,床笫之间的鱼水之欢多次把我带到原始的欢愉极点。于是我想:"没什么,只是年龄关系罢了,身体欲望总有一个从高潮到低落,然后慢慢冷下来到完全沉寂的过程。若是放在我年轻时,女人的气味就能激起我的性欲,而现在,显然只有最甜美、最年轻、最鲜活的身体才能对我产生这种魔力。这般下去某一天也许该是小男孩了。"我带着某种厌恶,瞻望着自己在这丰饶的绿洲里最后几年的生活。

连续三个晚上我都去了她那个小房间,给她带去些礼物,像依兰香精油、糖果什么的,还有一罐熏鱼子,我知道她喜欢这玩意儿,私下里拿它大饱口福。我抱住她,她闭上眼睛浑身起战,好像一股兴奋的电流遍通全身。最初向我推荐她的一个朋友介绍过此人的异禀:"整个过程当然都在演戏,"他说,"不过对她来说,区别之处在于她相信自己扮演的角色。"可对我来说,倒是压根儿不在乎这一点。我被她的表演迷住,睁大眼睛看着她向我献媚、颤抖、呻吟,然后沉入我自己的黑暗的欢愉之流。

我度过三天昏天黑地的肉欲生活——眼泡发坠、欲浪平息、惝恍迷离。半夜里我回到了自己的房间里,一头扑倒在床上,对身边那个执拗倔强的形体丝毫不予理会。如果我早晨被她起床整理东西的声音弄醒,我也假装睡着一直等到她离开。

一次,偶尔经过厨房门口,我朝里面瞟了一眼。透过迷蒙的蒸汽,看见一个粗壮敦实的姑娘在桌子旁边准备饭菜。"我知道这是什么人。"我有些惊讶地暗自想着,可是当我经过院子时,固执地留在我记忆中的形象却是:一堆菜豆高高地摞在她面前桌子上。我有意识地试着迫使自己将视线从菜豆转到切菜豆的手上,从手转到脸上。却又意识到自己的不情愿、自己的抵触。注意力还是恍惚出神地锁定在那堆菜豆上,盯着菜豆湿润的表皮上的闪闪光泽。似乎我的目光有一种不由自主的意志,我想移开却做不到。于是我开始直面这个事实——我打算要做的事:忘却这个姑娘。我意识到如果要用铅笔画她脸部的速写,我将无从着手。她真的那么缺少特征吗?我搜肠刮肚地思量着她这个人:眼前浮现一个人形,戴着帽子,穿着厚重而邋遢的外套,摇摇晃晃地站在那里,身子前倾着,叉开两条腿,挂着两根拐棍。多丑陋啊,我对自己说。我的嘴巴发出丑陋这个词。我让自己吃了一惊,但我没有克制自己:她真丑陋,丑陋。

我回来的第四个晚上大发了一通脾气,在房间里到处摔摔打打弄出很大动静,毫不顾及这是否会把别人吵醒。这个晚上算是毁了,重新涌动的情欲戛然而止。我脱下靴子甩到地板上,爬上床去胡乱地发泄着想找人吵架,想找谁来骂一顿才好,一边又为自己的孩子气感到羞赧万分。身边的这个女人在我生命中引出的一切我都不可理解。在这个不完整的身体上我达成的一种古怪的欣悦感,现在突然感到非常令我厌烦,我觉得那几个夜晚就像是在跟塞着稻草蒙着皮革的人体模型交媾。我曾在她身上看见了什么?我试图回忆起尚在那些制造痛苦的医生们修理她之前她的样子。她和别的野蛮人被带到这儿待在院子里的时候,我的视线肯定掠过了她。在我脑子里的某个网格组织里,这个记忆肯定储存着,我却没法把它找回来。我能够回忆起那个带着小孩的女人,甚至可以回忆起那小孩。我能够回忆起许多细节:磨损的羊毛披肩;那可爱的孩子的发绺下一层细汗的光泽。我可以回忆起那个有着一双骨节粗大的手的男人,他后来死了;我相信,如果再使劲想想,我都能重新勾画出他的脸来。可是在他的身边,那女孩应该有的位置,却是一个空当、一个空白。

半夜里我被这姑娘摇醒,细弱的呻吟还在空气中回荡。"你睡着的时候在大喊大叫,"她说,"你把我吵醒了。"

"我喊叫什么了?"

她咕哝了几句,转过身去把背对着我。

后半夜她又一次摇醒了我:"你在大喊大叫。"

我脑袋发涨,懵懵懂懂地觉出一股愤恨不平,我努力省视自己的内心,可是只看见一个旋涡,一个内心深处是遗忘的旋涡。

"是做梦吗?"她问。

"我不记得做过什么梦。"

可能是那个戴风帽的孩子搭建城堡的梦又回来了吧?如果是,那味道、那气息,或者是梦的余波该仍旧缠绕着我。

"有些事情我还得要问你,"我说,"你还记不记得当你被带到这里来,第一次被带到兵营院子里来的情形?卫兵们叫你们全部坐下。你坐在哪里?你的脸朝什么方向?"

透过窗子,我看见几朵云彩穿过了月亮的面庞。黑暗中,睡在旁边的她开口道:"他们让我们一起坐在阴凉里。我坐在父亲旁边。"

我回想她父亲的样子。沉默中,我试着让记忆再现当时的炎热、扬尘和那些疲惫的身体散发出来的气味。囚犯们靠着营地墙壁阴凉处一个挨一个地浮现在我脑海中——只要是我能记起的。我让那个女人和她的孩子在一起,我记起了她的羊毛披肩、她袒裸的乳房。那孩子啼哭着,我听到了这啼哭声,那是因为过度疲乏喝水都困难。那母亲破衣烂衫的,也渴得要命。她看着我,拿不准是不是可以向我提出请求。接下去是两个模糊的形体。模糊不清但还是呈现出来了:在一半的记忆和一半的想象中,我知道我可以把他们的模样勾勒出来。然后是这女孩的父亲,他瘦骨嶙峋的双手叠放在自己面前,帽檐压在眼睛上面,他没有抬头往上看。现在,我转向他身旁的那个空当。

"你当时坐在你父亲的哪一边?"

"我坐在他右边。"

但是,那男人右边的位置还是一片空白。我费神地聚拢起记忆,都能看见他身边地上的一颗颗小石子,还看见了他身后墙壁的纹质。

"说呀,你当时做什么来着?"

"没做什么,我们都累垮了。我们天一亮就上路了,路上只停下来休息过一次。我们又累又渴。"

"你看见我了吗?"

"看见,我们都看见你的。"

我双臂抱膝,殚精竭虑,凝神静思。那男人身边的位置还是空白,但是女孩的存在已经模模糊糊地可以感知了,那是一种光晕、一种气氛,慢慢浮现出来。现在!我催促着自己:现在,我要睁开眼睛,她就在那儿!我睁开眼睛。在一个模糊的光影里我看出了她在我旁边的形状。一阵情感的涌动,我伸手去摸她的头发、她的脸。这是一个没有反应的生命。就像抚摸一个罐子或是一个球体,如果有什么,那也只是表面上的。

"我一直试着回忆这一切发生以前你的样子,"我说,"但我发现这很难。遗憾的是你也不能告诉我。"我没指望听到她否认这一点,事实上也没有。

*　　　*

一队新近应征入伍的士兵到达这里,取代已在边境服满三年兵役即将离开这里回家去的老兵。这支部队的头儿是个年轻军官,他将是这里的管理者之一。

我邀请他和他的两个同事跟我一起在小客栈共进晚餐。那天晚上的气氛很不错：食物精美、酒水丰盛，我的客人说起他和部下在眼下这样一个艰难时节开拔到一个全然陌生的地区途中的故事。他有三个同伙丢在路上了，他说：一个是晚上离开帐篷，说是听从大自然的召唤①，就此一去不回；另外两个掉队的时候几乎已经可以看见这儿了，他们溜开去躲进了芦苇丛里。找麻烦的家伙，他这样称他们，丢了就丢了，他一点都不感到惋惜。不过他要我说说，他们这样开小差跑掉是不是很愚蠢？绝对愚蠢，我回答。那么他知不知道他们为什么要跑掉？不知道。他说：他们没受到任何虐待，给每个人的待遇都很公正，但是，当然啦，吃粮当兵嘛……他耸耸肩。他们走得早一点或许会更好些，我暗示道。这个地区不是很太平。如果他们到现在还没找到藏身之处的话，他们就死定了。

我们聊到了野蛮人。有一点他很确信，他说，在来的路上，他们被野蛮人远远地跟踪了一段路。你肯定他们是野蛮人吗？我问。他们还有可能是别的什么人呢？他反问。他的同事也都同意他的说法。

我喜欢这个年轻人精力充沛的样子，喜欢他对边境地区的新见解。他成功地率领他的人马在这严酷的季节来到这里当然值得嘉许。当我们的聚会伙伴提出时间已晚，准备告辞时，我却硬要留住他。我们坐在一起聊天喝酒过了午夜时分。从他嘴里听到一些首都的最新消息，我很长时

---

① 指上厕所。

间没去过首都了。我说起那儿有几处能勾起我怀旧情绪的地方:街心花园的凉亭,音乐家们在那儿为川流不息的人群演奏,晚秋时节人们脚下踩着沙沙作响的栗树落叶;我还记得一座桥,从桥上可以看见月亮投入水中的倒影,山墙旁的涟漪中荡漾着天堂之花的形状。

"部队总司令部有传言,"他说,"将在春天发动一次对野蛮人的大扫荡,迫使他们从边境退到山区去。"

我很遗憾追忆往事的思绪突然被打断了。我不想这个晚上在争辩中结束。但是我却这样回答他:"我敢肯定那只不过是个传言罢了:他们不会真的执意进行这样的行动。那些我们称为野蛮人的其实是一些游牧部落的人,他们每年在高地和低地之间迁徙,这是他们的生活方式。他们决不会让自己被封锁在山区里。"

他奇怪地看看我。这是第一次,我觉出这个夜晚有个障碍兀然而现,一个横亘在军人和平民之间的障碍。"但可以肯定,"他说,"这事情不妨摊开来说,这就是战争的目的:把一个强制性的抉择强加于某些不情愿主动执行的人员。"他带着一种军校士官生年少气盛的坦率俯视着我。我断定他正在回忆某个故事,他在回忆我如何不愿配合一个从局里来的军官,这故事肯定已经传遍了。我几乎猜得出他是怎样看待眼前的人:一个职位卑微的民事执行官,多年来在死气沉沉与世隔绝的地方待着,早已沉沦颓丧,懒散倦怠的边地风习已经使他的思想老化,他仅以权宜之计来考虑帝国的安全,试图侥幸地维持一个不稳定的和平。

他向前倾过身子,一脸毕恭毕敬的孩子气的困惑表情:

"请告诉我,先生,说句私底下的话,"他说,"这些野蛮人有什么不顺心的地方?他们想要从我们这里得到什么?"

我本该小心行事不多话的,但我没有。我本来应该打个哈欠,避开敏感话题,结束这个夜晚;但我还是不自觉地上了钩。(我什么时候才能学会管住自己惹是生非的舌头?)

"他们想要结束我们在他们土地上的殖民扩张。他们的心愿就是最终把自己的土地要回去。他们想和以前一样赶着自己的牲畜自由地从一个牧场迁移到另一个牧场。"这时候要结束这话题还不算太迟,可是我却听见自己提高了嗓门,遗憾地由愤怒的情绪吞噬了自己的理性,"自从帝国的安全问题面临危险以来——至少我听说有这么回事,我对最近采取的一系列攻击行动,以及随之而来那些恣意妄为的残忍行为没什么可说的,虽然那丝毫没有公正可言。我将要花费几年的时间去修复这几天遭受的毁灭性打击。且不说这个,我还是跟你说说作为一个地方行政长官的感受吧,说说为什么即便在和平时期,在边境各方面关系还过得去的时候,我也常感到沮丧和无望。你知道,每年有一段时间里,游牧民们会到我们这里来做些交易。于是:在那段时间里走到市场上任何一个摊位去看吧,谁在那里缺斤短两、谁在那里欺行霸市而又大喊大嚷地吓唬人?再瞧瞧,又是谁被迫把自己的女人留在帐篷里,由于害怕她们会遭受大兵们的污辱?还有,是谁在那里喝得烂醉地躺倒在水沟里,谁在踢那个躺在地上的人。这就是对野蛮人的歧视,这种歧视深入到我们这里最卑微的人群中,马夫或是农夫那类人等,我在这里待了二十多年,一直不得不和这些人较劲儿。当蔑视的产生只是出于我们与他们的某些差异,餐桌上的规矩不同、眼皮长得不一样什么的,怎么能让人消除这种蔑视呢?可以告诉你我的希望是什么吗?我希望那些野蛮人将会直起腰杆来给我们一点教训,教我们学会怎样尊重他们。我们把这片乡野看作是我们的,是我们帝国的一部分——我们的前哨基地、我们的定居点、我们的商贸集散中心。但他们那边,那些野蛮人却完全不这么看。虽说我们已经在这里生活了一百多年,我们把这地方从一片荒野开垦成可耕地,建立了排灌系统,在这片土地上耕耘劳作,建起了坚实的房屋,在城镇四周筑起了围墙,可是在他们心目中我们仍是来访者、过路人。他们当中活着的老人还记得父辈告诉过他们这片绿洲从前是什么模样:那是一片靠着湖边的富饶美好的土地,甚至在冬天也不乏丰美的牧草。他们至今还在如此谈论这片土地,也许他们至今仍如此看待这片土地,似乎这里的土壤从来不曾被挖起过一铲或是不曾有一块砖头被垒在这里。他们毫不怀疑将来的某一天,我们会把所有的家当捆扎起来装上大车离开这里,从哪里来还回到哪里去,于是我们的房子就会成为老鼠和蜥蜴的窝,而他们的牲口将在我们耕作过的富饶的土地上吃草。你觉得好笑?那我来告诉你一个真实的情况怎么样?湖水正在逐年变咸。答案简单明了——是什么就不说了。野蛮人知道这事儿。就在这时刻他们这样对自己说,'耐心等着吧,总有一天他们的庄稼会因为盐分太多而枯萎,那样他们就不能养活自己了,他们就不得不离开这里。'这就是他们所想的,他们比我们更能持久。"

"但我们是不会走的。"这个年轻人平静地说。

"你肯定?"

"我们不会走的,所以,他们失算了。就算有一天我们的城镇居民点要靠物资输送过活,我们也不会离开这里。因为这些边境定居点是帝国的第一道防线。那些野蛮人越早明白这一点越好。"

尽管他英姿勃勃,但那副脑筋却仍不乏执拗死板,想必是出自军事院校的科班熏陶。我叹息。我滔滔不绝地把自己的想法和盘托出却什么效果也没达到。而对方则无疑加深了对我最坏的看法:我不仅老派落伍而且心理不健全。我又真的相信自己刚才所说的话吗?我真的愿意接受野蛮人的生活方式取得胜利吗?像他们那样迟钝呆板、懒散凌乱、漠然地接受疾病和死亡?如果我们消失了,野蛮人会不会以挖掘我们的废墟来打发他们的午后时光?他们会保存人口调查资料和玻璃橱里的粮食交易分户账吗?还是会想方设法破译我们的情书?我的义愤更多的是针对帝国采取的行动呢,还是出自一个老人只想在边境过上最后几年太平日子不愿受到打扰的坏脾气呢?我试图把谈话转向更适当一些的话题,比如马匹、打猎、天气什么的,可是太迟了,我年轻的朋友要起身离开了,我还必须为今晚的招待埋单。

* *

孩子们又在玩雪了。她在他们中间,背对着我,就是那个戴风帽的女孩。不时地,当我努力走向她时,她就会在雪幕后面消失。我的腿陷得很深抬都抬不起来。每走一步要花上许多工夫。这是所有的梦里雪下得最大的一次。

当我费尽力气走向他们时,孩子们停止了游戏看着我。他们把熠熠闪光的脸庞肃然对着我,白色的气体从他们嘴里呵出来形成了雾状。我一边走向女孩一边想对他们微笑,抚摸一下他们,但我的五官冻住了,笑不出来,似有一层冰霜覆在嘴上。我想举起手把冰霜抹去:可是我的手,我发觉自己的手粘在厚厚的手套里,手指冻在手套里了,我用手套去摸自己的脸,没感觉。我拖着笨重的身躯从孩子堆里穿过去。

现在我可以看见那女孩在做什么了。她在建一个雪的要塞,一个拦着围墙的城镇,我可以分辨出每一个细处:有四个瞭望哨的城垛,大门边上有一个守卫的小屋,有街道和房屋,有一个大广场,兵营围在广场的一角。这就是我站着的地方!但广场上空无一人,整个城镇是白色的、无声的、空旷的。我指着广场中央。"你得在这里搁上人!"我想这样说。但嘴里没发出一点声音,我的舌头僵在那里像一条鱼。但她回应了。她跪着坐直,把风帽后面的脸转向我。我担心,在最后那一瞬间,她会叫我失望,呈现给我一张愚钝的脸,或是一张光溜溜的虚浮的脸,就像体内的某个器官,不能暴露在光线下。幸好没有,这就是她自己,是我从来没有直睹其颜的她,一个微笑的孩子,牙齿闪闪发亮,乌黑闪动的眼睛看过来。"这才是我等着看见的!"我对自己说。我想用我僵硬笨拙的嘴巴和她说话。"你怎么戴着连指手套做这灵巧的活计呢?"我想这样说。她对我嗫嚅不清的话音发出善意的微笑。接着又转身忙她的雪的要塞去了。

梦里醒来我浑身冻僵了。离天亮的第一道晨曦还有一个小时,火已经熄灭了,我的头皮冷得都麻木了。睡在我身边的那姑娘身子蜷曲着像一只球。我起床披上大衣重新点起火来。

这个梦在我这里扎下根了,夜复一夜我回到那个大雪纷飞阒无人影的广场,费力地朝着中心地带那个人形踆踆而去,每一次都重新确认她正在建设的城镇空无一人。

我向这女孩打听她的姐妹。她说有两个姐妹,据她说,小妹妹"非常漂亮,但没头脑"。"你不想再看到你的姐妹吗?"我问。这个冒失的问题怪异地浮现在两人中间。我们都微笑着。"当然想。"她说。

我也问过她被解除囚禁后的一些情况,就在她还没有认识我的时候,她住在这个镇上我的管辖区内。"人们见我跟族人离散了对我都很好。我的腿稍好一些在小客栈里寄宿过一阵子。有个男人照顾我。他现在已经离开了。他养马。"她还提到了一个给她靴子的男人,就是那双我第一次看见她时穿在脚上的靴子。我问到是否有其他男人。"是的,也有其他的男人。我没得选择,这是没办法的事。"

自从那次谈话后,我和普通士兵的关系变得紧张起来。早晨我离开寓所去法庭,从士兵队列的后排穿越过去,我想到这些腿上打着绑带荷枪肃立的士兵里头肯定有人和那姑娘睡过觉。我没有想象他们掩面而笑的模样,相反,我从未见过他们比现在更一本正经的样子——老老实实地站在寒风砭骨的院子里。他们的举止从未比现在更尊敬。我知道,如果有机会,他们会告诉我,我们都是男人,每个男人都可以为一个女人而忘乎所以。可那天晚上我还是有意回去晚一点以避开厨房门口排队的男人们。

中尉的两个开小差者的家伙有消息了。在离这里东面三十英里的地方,一个捕兽者意外发现他们全身僵硬地冻死在一处窳陋的藏身地。中尉的意思干脆把他们扔在那里算了("三十英里去,三十英里回,这般鬼天气:费那么大周折,为那两个已经不是人的人,你说值吗?"),可是我劝他还是派一队人马去弄回来。"他们总得有一个仪式吧。"我说,"再说这是为他们的同伴考虑。否则大家会想,也许他们哪一天死在荒野里也会被就地丢弃。我们必须尽力减轻他们的恐惧,离开这片美丽的土地是令人害怕的。毕竟,是我们把他们带进这种危境之中。"一队人马出发了,两天后用大车带回两具蜷曲僵硬的冻尸。我仍觉得费解,男人竟会离家逃出几百英里后,又在一天之内就能得到食物和温暖时而逃队。关于这个道理我没去探究得更深。冰雪皑皑的墓地里,举行着最后的仪式,比两名死者幸运得多的同伴们光着脑袋肃立一旁看着葬礼进行,我坚持要让这两名死者获得应有的待遇,我再三对自己说,是要让这些年轻人明白死亡并不等于完全消失、彻底湮灭,我们认识的人将成为我们生命的传承者。然而,我要举行这个仪式真的仅是为那些年轻人着想吗?难道没有同时也想安慰一下自己的意思吗?我主动提出由我来写信给那两人的父母,分别通知他们这不幸的消息。"年纪大一点的人,做这件事心里比较好受。"我说。

*   *

"你难道不想再做些别的什么事吗?"她问。

她的脚搁在我的膝盖上。我心不在焉,握着她肿胀的脚踝,沉浸在擦洗和揉搓的节奏中。她的问题叫我吃了一惊。这是她第一次说出如此一针见血的话。我一耸肩笑笑,想返回昏睡中去,不想把瞌睡赶走,不愿醒过神来。

脚在我紧攥的手中扭动着,变得活泼灵动,轻轻地向我腹股沟伸去。我向床上那个金光四射的裸露的躯体睁开了眼睛。她头枕着胳膊躺在那里,用那种我已习惯了的偏欹的目光看着我,突出着她坚挺的乳房和平滑的小腹,全身洋溢着生机勃发的健康光彩。她的脚指头一个劲儿地探试着,但在这个披着紫红睡袍跪在她面前的老头儿松弛的身体里,脚指头没有得到一点儿回应。

"下一次吧。"我说。我笨嘴笨舌地吐出这几个字。我知道这是在说谎,但还是这么说了:"下一次吧,也许。"说着拎起她的脚搁到一旁,伸直了身子靠着她躺下。"怎么说呢,老头儿还用得着洁身自好吗?"这是个差劲的玩笑,说得也差劲,但她不明白。她掀开我的袍子,开始抚弄我。过了一会儿,我推开她的手。

"你去找别的姑娘了,"她悄声说,"你以为我不知道?"

我做了个要她住口的强硬手势。

"你也是这样对待她们吗?"她悄声问,不由抽泣起来。

虽说我心里很把她当回事儿,可是对这事儿却无能为力。然而这对她是多大的羞辱啊!她要跌跌撞撞摸摸索索地穿好衣服才能离开房间。她和以前一样还是个囚犯。我拍拍她的手,陷入了更深的阴暗中。

我们同床共眠这是最后一个夜晚。我搬了一张行军床到客厅去睡。我们两人的肌肤之亲就到此结束了。"这样过一段时间,"我说,"等冬天过去以后再说。这样更好些。"她接受了我这套说辞没有回答一个字。每天晚上,当我回到家里时,她会用茶盘托着茶水来伺候我。然后,她回到厨房去,一个小时后轻轻走上楼梯,跟在一个手里端着晚餐托盘的姑娘后面。我们一起吃饭。饭后,我进书房,或是出门去,恢复被我忽视的社交活动:在朋友家里下下棋;找小客栈里的军官们打打牌。也有一两次到小客栈楼上去过,不过总是心存歉疚,于是无法尽情欢乐。每次我回家时那姑娘已经睡下了,我总是踮起脚尖进去,像是一个犯了错的丈夫。

她顺从新的生活模式,毫无抱怨。我对自己说,她这般顺从是由于野蛮人的教养背景。可是我又知道什么是野蛮人的教养?我所谓的顺从谦卑也许只是冷漠而已。对一个乞讨者、一个失去父亲的孩子来说,只要头顶上有屋檐庇寒、肚子里有食物填塞,我睡不睡在她身旁真的有什么关系吗?不过我到现在为止,还是希望在她的心里,会把我视为一个真正被激情紧攥的男人。希望在那许多个夜晚亲密接触时,在那种令人屏息的沉默时分,无论我的激情多么扭曲,她仍能感受到我对她身体的凝视带着肉身的重压。我宁愿不去思忖这样的可能性:野蛮人也许没有教女孩子如何迎合男人各种乖谬的挑逗,包括乖谬地把她撇在一边,而只是把性爱的激情视为生活的自然,不管是马是羊还是男人女人,这种激情有最清澈明了的方式和最清澈明了的目的;因为野蛮人没有这样教他们的女孩子,所以那个把她从街上捡回来的异邦老头做出的各种举动都让她迷惑不解——让她住在他的屋子里,于是他有时可以吻她的脚;有时却声色俱厉地吓唬她;有时用奇香异色的油料涂抹她;一会儿可以不理会她;一会儿却整夜睡在她的怀抱里;忽然又心血来潮地分开睡了——在她看来也许这没别的,只是虚弱乏力、优柔寡断、想逃避他自己的欲望罢了。当我仍把她看作一个残疾的、落下疤痕的、受到伤害的身体时,也许她的身体拥有的早已是另一种新的缺陷,就像一只猫身上本来有爪子而非手指的那种缺陷。我该把这些念头思考得更深入些。她比我认为的正常,并且可能她也有自己的种种思考方式来发现我同样正常。

第 三 章

每天清晨天空中都是鸟儿振扇翅膀的声音,大群的鸟儿从南面飞抵此地,它们落脚沼泽地之前在湖面上一圈一圈地盘旋。在风声的间隙里,听到的就是它们哇哇、呱呱、叭叭、吱吱的不和谐的鼓噪,这喧嚣直扰此间,像是水面上出现了一个对峙的城邦:灰野鸭、棕野鸭、针尾松鸡、绿头鸭、短颈野鸭、斑头秋沙鸭。

第一批水禽确证了早春的迹象:风中有了一丝暖意,湖上的冰变得像半透明的玻璃。春天在来的路上,就要到耕种时节了。

这也是狩猎的季节。天还没亮,一队队人马就出发去湖边张设捕网。到上午他们会带着大批猎物回来:扭断脖颈的鸟被缚住双脚,一只一只地串在长杆子上;那些活的被关进了木笼,惊恐地叫着,在彼此身上乱扑乱蹦;偶尔有一只默不作声的大天鹅夹在这些鸟中间。这是大自然慷慨的赐予:在接下来的几个星期里各人都可以大饱口福了。

在我动身前,有两个文件要完成。一个是给省长的报告。"为了修复第三局的突袭造成的某些损伤,"我写道,"也是为了重建本地区曾有过的和睦气氛,我将对野蛮人部落作一次短暂的访问。"我署上名字粘好信封。

另一个写什么,事实上我还没想好。一纸遗嘱?一部传记?一份忏悔?还是戍边三十年实录那样的东西?我整天坐在桌前凝视着面前空白的纸张,等着语言来到笔尖。接下来的一天还是这样。第三天,我放弃了,把纸张塞进抽屉,投入出发前的准备。这两件事想来似乎相映成趣:一个不知道怎么对付自己床上的女人的男人,同样也不知道如何用文字表达自己。

我找了三个人陪我一起去。两个年轻的新兵,被我召来执行这项临时任务。第三个年纪大些,他出生在这个地区,当猎人也做马匹买卖,他的薪酬将从我的私人积蓄中开支。出发前的一个下午,我把他们叫到一起。"我知道眼下不是出行的好时节,"我告诉他们,"这季节气候变化无常,冬天将要过去,春天还没到来。可是我们如果再等下去,游牧部落的人就要开始迁移,就找不到他们了。"他们并未提出什么问题。

对这女孩我说得简明扼要:"我们要把你带到你们自己人那里去,或者说尽可能把你带到靠近你们的人那儿的地方,因为他们现在都散居各处。"她没有一点喜不自禁的表示。我把买来给她旅行用的沉重的毛皮衣服放在她身边,兔皮帽子依照当地式样绣着花,还有新的靴子和手套。

事情定下来以后,我就能睡安稳觉了,内心甚至有些欣悦的感觉。

我们三月三日那天出发,穿过城门走上大路,一大群乱糟糟的孩子和狗一直跟着我们走到湖边。我们沿着平时只有猎人和猎禽者走的路线,经过灌渠离开湖边拐上右边的一条岔路。后边拖着的那条尾巴渐渐消散了,只剩下两个憨憨的半大孩子一路小跑地追着我们,彼此在较劲比谁还能撑下去。

太阳升起来了,却丝毫不觉暖意。从湖边吹过来的风把我们的眼泪都刮出来了。我们排成一个纵列:四个男人一个女人,四匹驮着东西的马。那些逆风而行的马匹被风刮得来回打转,我们迂回地甩开了拦着围墙的城镇、光秃秃的田野,最后又把那两个喘着大气的孩子给甩掉了。

我的计划是顺着这条路一直走到湖的南面,然后折向东北方向那条人迹罕至的小路穿越沙漠,进入山谷地带,那里是北部游牧部落的冬季营地。这条路很少有人走过,因为游牧部落的人带着大群牲畜迁徙时,是顺着古老的干涸河床向东南走的。然而,走这条路可以把六个星期的路程缩短至一两个星期。我自己从未走过这条路。

最初三天我们艰难而缓慢地朝南推进,然后又折向东面。我们右边是一大片平整的风化了的泥土断层,它的边缘渐渐融入一道道沙尘扬起的红色云雾,而后又跟霭气重重的昏黄天色浑然相交。左面是平坦的沼泽地,一片片芦苇地带布列其间,湖心的冰面还没有融化。寒风刮过来,瞬时把我们呼出的热气结成冰霜,于是我们几个在马匹的遮挡下步行,走路的时间比骑马的时间更多。那女孩仍蜷缩在马鞍上,用披巾一圈一圈地把脸围上,闭着眼睛跟着前边的人走。

有两匹马驮着柴火,但那是预备着在沙漠地带使用的。

有次碰见一棵柽柳,一半埋在流沙里,露在外边的树冠像个土墩似的,我们把它劈开来作烧柴。而在大部分时间里,我们只能将就着用一捆捆的干芦苇当柴烧。那女孩和我一起并排睡在一顶帐篷里,缩在毛皮衣服里抵御寒冷。

在这段旅途的开始几天里,我们吃得不错。我们事先准备了咸肉、面粉、豆子、水果干,也打了一些野味。只是水得省着点用。南边沼泽汊浅浅的地表水太咸不能喝。我们之中须得有一人涉水走出二三十步开外去取水,水深到他小腿肚子的地方,勉强能把皮袋子灌满,如果运气好的话,能砸碎冰块带回来。可是融化的冰水还是咸中带涩,只能煮成浓烈的红茶喝。每年湖水把湖岸吞噬一点,把盐和明矾扫进了湖里,这个湖里的水就会变咸一点。这湖水没有向外流出的渠道,它的矿物质含量就越来越高,特别是在南边,大片的水域被湖口沙洲季节性地阻塞。夏季洪水过后,渔民们发现鲤鱼都肚皮翻白地晾在浅滩上,他们说鲈鱼如今是再也见不到了。如果湖水变成一片死海,我们这一区域的居民点该怎么办呢?

喝了一天咸茶,除了那个姑娘,我们全都开始腹泻。我的症状最严重。最叫我尴尬的是不得不一次次停下来,用马匹掩蔽着身体,冻僵的手指把衣裤脱进脱出,别人都在一边等着。我只能尽量少喝水以减少排泄,以致我骑在马上,脑子里竟出现了一幅幅诱人的景象:一桶水就搁在一边,里头满满当当的水,一个长柄汤勺舀起来泼洒着;还有晶莹的白雪。我间或的狩猎活动、带着猎鹰;我与女人隔三岔五的来往,男子气的举动,都掩盖了身体愈见虚弱的感觉。长途跋涉弄得我浑身的骨头都痛,夜幕降临时我累得一点胃口都没有。我跌跌撞撞地走着,一条腿几乎拖不动另一条腿,好不容易爬上马鞍,缩进大衣里面,吩咐我们中的一个人去前面探查模糊不清的路径。风一刻都没停下来,穿过云层对着我们咆哮嘶喊,从四面八方向我们袭来,天空笼罩着一层红色的尘云。尘土中没有藏身之处:它扎穿我们的衣服,露在外面的皮肤似乎结了块,还灌进了我们的行李。我们吃东西时舌头上像是裹了一层东西,吓吓吓地不停地吐着沙子,牙齿硌得嘎嘎响。我们与其说待在空气中不如说待在尘土中。我们穿过尘土就像鱼儿游在水里。

那女孩没有抱怨。她吃饭很好,也没得病,整夜都睡得很香,蜷曲在那里像只球,而我却因为天气太冷想要抱只狗来取暖。她整天骑着马一点没有烦躁不安的动静。有一次,我朝她瞄了一眼,见她骑在马上竟睡着了,一脸安详像个孩子。

沿着沼泽地的边缘地带走,第三天折回到北面来了,我们知道已经走完了绕湖的路。我们早早地支起了帐篷,最后那几个小时里我们趁天亮尽多地搜集木柴,马匹也最后一次被放到荒凉的沼泽地去吃草。到天破晓时,就是出发的第四天,我们开始穿越沼泽地那边四十英里外的一片古老的湖床。

那是我们所见过的最荒凉的地带。盐碱土质的湖底光秃秃的寸草不生,上面突起的只有六边形晶格状的棱线。这地方险象环生:当穿过那片光滑得让人匪夷所思的地方时,打头的那匹马突然踏破地表陷到一片发臭的绿色污泥里去了,一直陷到它胸口那么深,牵马的人刚一打愣,也扑通一下跟着陷了进去。我们连忙奋力营救,连人带马拉拽出来。盐晶表面被纷至沓来的马蹄踏碎,裂开了窟窿,四处弥散着微带咸涩的臭气。我们这会儿意识到,直到现在我们还没有离开这湖:它就在此处在我们脚下伸展着,有时它藏在深达数英尺的地底下;有时就在像羊皮纸那样薄薄的盐层下面。阳光没有照在这摊死水上已经有多久了?我们找了一块土层坚实点的地方生起了火,烘烤那个冻得发抖的人和他的衣服。他纳闷地晃着脑袋。"我总能听说,要留心绿色的地皮,可我以前从没想到过会有这种事儿。"他说。他是我们的向导,是我们中间唯一到过湖的东面的人。这事发生过后,我们更使劲地拽着马匹快快离开这片死湖,担心被吞噬在藏匿于地下那密不透风的、富含矿物质的水流之中,这水比冰还要刺骨。我们低着头逆风前行,风灌进衣服在背上鼓起一个个大球,我们专拣那些有凹坑的盐壳地面走,避开那些平滑地带。阳光穿过铺天盖地的沙尘带,太阳升起在空中像橘子似的发出红艳艳的光芒,却还是没有带来些许暖意。黑夜临近时我们费力在坚如磐石的盐块的裂缝中打下桩子支起了帐篷。我们用木柴烧火几近奢侈,大家就像水手一样祈盼着早一点看到陆地。

  第五天,我们离开了湖底,穿越一片平滑晶莹的盐碱地,过了这片盐碱地很快跟着出现了沙土和石头。每个人都一下子振作起来,马匹也一样兴奋,它们在盐碱地里什么也没有,除了一小把亚麻籽和一吊桶带咸味的水,生存条件日渐蹩乏。

人倒还好,他们没有抱怨什么。新鲜的肉食慢慢吃光了,好在还有腌肉和干豆,还有大量的面粉和茶叶,一路上需要的给养也还充足。每次歇脚时我们煮上茶,煎一些油糕,对饥饿的人来说这已是美味的小食。男人们管做饭:那女孩使他们感到拘谨,他们拿不准她是哪边的;尤其拿不准我们为什么一路上带着她要把她送回到野蛮人那里去;他们几乎没跟她说过话,眼睛总是避着她,当然更不可能要她帮着做饭了。我没有硬把她推过去和他们捏在一块儿的意思,只希望这种紧张和拘束能在路途上慢慢化解。我挑来这些人,是看好他们坚韧不拔、忠诚可靠而又甘心为此效力。他们在这种条件下跟随着我却尽可能表现得轻松自若——虽说两位年轻士兵出城时那身威武的披挂已捆扎在马背上,刀鞘里也灌满了沙子。

平坦的沙地开始变成沙丘之洲。我们进程慢了下来,因为爬上爬下都非常艰难。对于马匹来说这也许是最艰难的路程了,经常是费了很大的劲儿也挪不出几英寸,蹄子深深地陷进沙里拔不出来。我看着向导,他只有耸耸肩:"还有几英里呢,我们必须从这里穿过去,没其他路可走。"我站在沙丘顶部,捂住眼睛,透过指缝往前看过去,只有漫天飞旋的沙子。

这天晚上,一匹负重的马不肯吃东西了。到了早上,最狠劲的抽打也不能叫它站起来。我们只好把它身上的东西卸到另外几匹马身上,又扔掉了一些柴火。其他人起身开拔时我留在后面。我发誓这动物绝对有灵性有感知。一看见刀子,它的眼睛就惊恐地转动起来。血从它脖颈上喷涌而出，它挣脱了沙子的束缚，顺风跑了一两步，随后倒下。我曾听说，野蛮人在某种危急关头会刺穿马的静脉取血。我们在有生之年将会后悔让这汩汩热血白白洒落在沙土上吗？

第七天，我们终于把沙丘甩在了身后，现在面对的是一派棕灰色的、空旷无垠的单调景象，其中有一长条格外幽暗的灰色地带。走近时我们看到这个地带从东到西绵延几英里，这里居然能见到长势不良的黑黢黢的树影。向导说，我们真幸运，这表明附近肯定有水。

我们摇摇晃晃地走到了一个古代潟湖湖床的边缘。枯萎的芦苇像幽灵似的通体灰白，用手一碰就碎了，那长长的一条就是以前的湖岸；树是杨树，也已经死了很长时间了，由于许许多多年以前地下水位大幅下降，树根无法吸到水。

我们卸下马匹身上的东西开始挖掘。挖到两英尺深的地方触到了很黏稠的蓝色泥土。再下面，又是沙子；接着挖下去，又是泥土层，但非常黏湿了。挖到七英尺深的地方，我心跳不止，耳朵嗡嗡作响，我不能再和他们一块轮着干了，另外三个人接着挖，把坑里挖出的疏松的泥土堆在角落里拉起的篷布上。

一直挖到十英尺深的地方，水才开始在他们脚下渗聚。这是带甜味的水，没有盐的成分，大家都笑逐颜开，但是水汇聚得太慢了，于是他们要不断地把坑边塌落的土铲走。一直到下午很晚的时候，我们才把皮口袋里带咸味的水倒空，重新用甜水灌满。天快黑时我们把大桶放下去接上水来让马喝。

由于此地有充足的杨树木头可作烧柴,与此同时大家在地里挖出两眼背对背的小窑,然后架起大火把泥土烤干。当火小下去时他们把烧成的炭耙回窑里,开始烤面包。女孩拄着两根拐棍站在一边看着这一切,我在她的拐棍底部钉上小圆木片,这样在沙土上走路不会陷下去。这是美好的洋溢着同志情谊的一天,接下来还可以休息一整天,人们的谈话多起来了。想着要和她开个玩笑,他们第一次主动表示了友好态度:"来吧,过来和我们坐在一起,尝尝男人做的面包什么滋味!"她向他们微笑,对着他们抬起下巴,这个姿势也许只有我懂,那是努力要看清他们的意思。她小心翼翼地过去坐在他们旁边,沉浸在火窑的暖流中。

　　我坐在离他们稍远的帐篷口的挡风处,一盏破油灯在脚边一闪一闪,我把这一天的经历写进日记,一边也在听着动静。他们用边境地区五方杂处的语言开着玩笑,她竟没有张口结舌说不出话来。她的表达流利、反应敏捷、出言得体使我感到惊讶不已。我甚至突然感受到一阵骄傲:她不是一个老男人身边的那种女人,她是一个机敏的、有魅力的年轻姑娘! 如果一开始我就知道如何用这种无拘无束的浑话跟她开玩笑,我们之间可能会有更多的温情。但我就像个傻瓜一样,没有给她欢快而只是带给她沉郁的压抑。说真的,这个世界应该属于歌唱者和舞蹈者! 痛苦微不足道;郁闷有什么用呢,悔恨全是虚空! 我吹灭了油灯,拳头顶着下巴向火光那边凝视,听着胃里饥肠辘辘的声音。

　　　　　　　　＊　　　＊

　　我彻底累垮了,睡得死沉死沉。只是有一阵迷迷糊糊中想要醒来,因为她掀起宽大的熊皮毯子钻进来紧紧偎在我身边。"小孩子晚上怕冷"——这是我思绪不清的想法,我把她拉过来双手抱住了她,又昏沉欲睡,没过多大一会儿真就沉睡过去了。后来,我清醒过来,感觉到她的手在我衣服底下摸索,她的舌头舔着我的耳朵。一阵感官愉悦掠过全身,我打了个哈欠,伸伸懒腰,在黑暗中微笑起来。她的手找到了目标。"又怎么样呢?"我想,"如果我们消失在这个无名之地会怎么样呢?至少让我们不要死得痛苦和悲伤!"在她的长罩衣里,身子完全裸着。我一用力压到了她的身上。她是温暖的、兴奋的、迎合着我的欲望,在那一刻,五个月来无意义的踌躇云消雾散了,我飘荡在轻松惬意的肉欲沉醉中。

　　我醒来时脑子像是洗过一样一片空白,感觉心里有点害怕起来。只有用力地使意识集中到某一点,才能让自己回到现实时空中来:回到这张铺、一顶帐篷、一个夜晚、一个世界、一具东西向躺着的胴体。虽说我像一具死公牛一样匍匐在她的身上,她还是睡着,她的胳膊软软地环绕在我的背上。我从她身上下来,重新把我们两个的被褥铺盖好,试着让自己静下心来。我没有想象,翌日我会拔营重返绿洲之地,回到地方行政长官阳光灿烂的小别墅,和一个年轻新娘一起守家过日子,宁静地躺在她的身边、好好做她孩子的父亲、守望季节的转换。我总觉得,如果没有傍晚时和那些年轻人一起坐在篝火边交谈,她很有可能不会对我有那种需求——我对这个想法没有感到不自在。也许事实就是如此:当她在我怀里的时候,她正梦想着拥抱他们当中的一个。我小心翼翼地倾听这想法在我内心的回响,但并未察觉到内心受到伤害时那种心在下沉的感觉。她睡在那里,我的手压在她平滑的小腹上,来回摩挲着她的大腿。这就够了,我满足了。但同时我也得相信这一点,如果我和她不在几天之内就分开,事情不会这么简单就发生。并且,如果我必须坦率而言,我也不会在她身上感到如此强烈的欢愉,尽管这消遁的欢愉还将余热留在我的掌中。我想我的心跳和血液涌动的程度,顶多也跟她抚摸我之前相去不远。我和她在一起不是出于她愿意或是屈从的某种狂喜,而是有着其他原因,这原因我至今还跟以前一样感到隐晦难解。不过,有一件事没有逃过我的意识,就是她身上那些遭受折磨后留下的伤痕、残疾的脚踝、半盲的眼睛,这些在黑暗中都能被轻易忘却。是不是因为我想要一个完整的女人,而她身上的伤残让我败了兴致,只有当她的伤痕被消除、当她恢复到以前的样子时,我才会释然,是不是这个原因让她吸引了我呢?又或许是因为(我并不蠢,让我说出这些吧)她身上的伤痕把我吸引到她的身边,而我又失望地发现这些伤痕远不够深入?到底是太过分还是太缺少:我想要的是她还是她身上带着的历史痕迹?我长时间躺在那里盯着帐篷的黑暗处看,尽管我知道帐篷顶只有一只手臂那么高。我心里的想法、我对自己欲望之源的表达虽然都是反义的,却并不令我气恼。"我肯定是太累了,"我想,"或许凡是可以表述出来的都是错误的。"我的嘴唇翕动着,默默地编织着词句,"也许应该这么说,只有没有被表述出来的才是真实存在过的。"我盯在最后这个意思上,没有发觉心中涌起任何回答,无论是同意还是不同意。这些言辞在我面前越来越模糊,最后失去了所有的意义。我在这长长的一天结束后,在深深的黑夜里长叹了一声。然后转向那姑娘,抱住她,把她拉近,紧紧贴着她。她在睡眠中呼噜着,很快我也和她一样了。

* *

第八天,我们休息了一整天,因为马匹都不行了,它们饥饿地咀嚼着枯死的芦苇,那些干巴巴的秸秆。水和大口吸入的冷风填塞了它们的肚子。我们给马匹喂了手中剩下的最后一点儿亚麻籽和我们自己吃的面包。如果我们在一两天内不能找到让它们吃草的地方,那几匹马就完了。

* *

我们把井和挖出的土堆留在了身后,急急往北面赶。除了那姑娘所有的人都下马步行。我们尽可能减轻了马匹的负担。但因为火是我们生存的保障,所以马匹还得驮上一些柴火。

"我们什么时候可以看见山?"我问向导。

"还有一天,或者两天。很难说。我以前也没走过这个地区。"过去他曾在湖的东面打过猎,在沙漠的边缘转悠过,没有穿越沙漠地带的必要。我等他往下说,看他是不是会说出自己的担忧,但他看上去一点也不担心,他不相信我们会有什么危险。"没准再过两天我们就能看到那些山了,然后再走一天就可以走到了。"他眯起眼睛望着远处棕褐色雾氛霭霭的地平线。他没问我们到达山区以后要干什么。

我们走过这片平坦的卵石累累的荒野,然后又翻过一级又一级耸起的石丘,来到一片低地平原,终于在那里看到一些小丘冈上有枯萎的冬草。那些马匹对着枯草几近疯狂地又撕又咬。看见它们有东西吃,我们松了一大口气。

半夜里我突然惊醒,冥冥之中觉出一种发生了什么变故的不对劲儿的恐慌。那姑娘在我身边坐起来。"怎么回事?"她说。

"听,风停了。"

她赤着脚,披着毛皮毯子跟在我后面爬出帐篷。雪花轻轻地飘落。朦胧的月光下,大地一片白茫茫的。我帮她站起来,搂着她一起站着,凝视着洒着雪花的茫茫天穹,一个星期来一刻不停地刺激着我们耳朵的呼啸声分明沉寂下来了。睡在另一顶帐篷里的人也跑到我们身边来。我们傻乎乎地相视而笑。"春雪,"我说,"今年最后的雪。"他们点着头。一匹马在附近摇动身子惊动了我们。

被雪包裹着的温暖的帐篷里,我又一次和她做爱。她表现被动,配合着我的动作。我们开始做的时候我很肯定这正是应该做爱的时候,我以最深切的欢愉和生命的骄傲拥抱她,可是进行到一半我却感到失去了与她的关联,动作渐渐减缓下来,直至停止。我的直觉明显是不可靠的。但我心里对这女孩依然怀着那份柔情,她很快就入睡了,蜷依在我的胳膊里。还会有这样的机会的,如果没有,我估计自己也不会介意。

*　　　*

一个声音透过帐篷门口拉开的缝隙朝里面喊叫:"先生,你快醒醒!"

我恍恍惚惚地意识到自己睡过头了。是这种宁静,我心里思忖着:我们被宁静困住,无法前行了。

我钻出帐篷走入晨曦。"瞧,先生!"那个把我叫醒的人指着东北面,"坏天气马上就要来了!"

翻卷着朝着我们这边雪原上压过来的是巨大的黑色气流。离此处还有一段距离,但眼见得正吞噬着大地而来。那团巨大的气流顶端融进了幽暗的天色中。"暴风雪!"我喊道。我还从未见过如此可怕的景象。大家赶快动手放倒帐篷。"快把马牵过来,把它们拴在中间!"第一阵狂风已到跟前,雪花开始打着旋儿地舞动起来。

那女孩拄着拐棍站在我身边。"你能看得见吗?"我问。她用自己那种歪斜的方式眺望一下,点点头。男人们开始动手放第二顶帐篷。"雪毕竟不是什么好兆头!"她没有回答。我知道自己本该去帮忙,但我的眼睛没法从那黑墙一般铺天盖地扑过来的气流上挪开,那黑墙急速推进像是飞驰而至的骏马。风越来越大,摧撼着我们的腿脚,熟悉的呼啸声又在耳边响起。

我给自己鼓着劲:"快!快!"我大声喊着,拍着手。有一个人跪在那里折叠着帐篷,卷起绳索,把被褥往一起堆置;另外两人把马牵过来。"坐下!"我对女孩喊道,一边手忙脚乱地帮着收拾东西。那面暴风雪墙不再是漆黑一团,而是把雪和沙尘卷成一片混沌世界。接着,风尖啸起来,我头上的帽子被卷走了,在空中飞旋着,暴风雪击中了我们。我摔了个四仰八叉:不是被狂风刮倒,而是让一匹脱开缰绳踉跄奔突的马给撞的,马耳朵后折,两眼骨碌碌打着转。"拉住它!"我喊道。在风中我的叫喊就像一声低语,连我自己都听不见。倏然间那匹马就像一个鬼影儿似的溜走了。与此同时,帐篷也被狂风刮得腾空飞旋起来。我猛扑过去把身体压在捆起来的毛毡上,想把它们压住,因用力过猛而发出呻吟。我手脚并用拽着毛毡一寸一寸地向女孩挪回去,但这就像是逆着流水匍匐前行。我的眼睛、鼻子、嘴巴,全都被沙子塞住了,我都没法呼吸了。

那女孩站在那里展翅般张开双臂,架在两匹马的脖子上。她好像在对那两匹马说话,两匹马虽然两眼瞪得老大,仍然老实待着。

"我们的帐篷给刮走了!"我对着她的耳朵大声喊叫,挥起手臂指指天空。她转过身,帽子下面的脸部裹在黑色的披肩里,连眼睛也裹得严严实实。"帐篷给刮走了!"我又喊道。她点点头。

整整五个小时我们全都蜷缩在垒起来的柴火和马匹后

面,风用冰、雪、雨、尘土和沙砾抽打我们。寒冷一直刺痛到骨头里。马匹对着风的那一侧全都冻上了一层冰。人和马挤在一块儿,互相取暖,咬牙忍受着。

到中午时分,风突然停住了,就像哪儿的一扇房门突然关上了似的。不习惯这样突然的安静,我们的耳朵仍在嗡嗡作响。我们应该活动一下麻木的手脚、把身上掸扫一下,给马套上鞍鞯,做些事情能让我们血管里的血液流动起来,可是这会儿我们只想躺在这个小窝里再歇上一会儿。这是不祥的昏睡症状!我的喉咙里发出一声粗嘎的叫声:"快!大家伙儿!我们得给马套上鞍子。"

几个鼓起的沙包,那就是被刮散的行李,都埋里边呢。我们顺着风向搜寻被刮走的帐篷,但哪儿都找不到它的踪影。随后帮着东歪西倒的马匹站起来,把行李扔到马背上。这场大风暴给我们带来的寒冷和接下来的酷寒相比简直不算什么,后来遇到的冷就像是把我们装进了一个冰棺材。我们的呼吸很快就结成了霜,两只脚在靴子里直哆嗦。刚一瘸一拐地走了三步,前头那匹马后蹄一屈趴倒了。我们把马背上的柴火卸下,用杠棒撬动马蹄,用鞭子抽打逼它站起来。我诅咒着自己——已经不是第一次了——诅咒自己安排的这趟倒霉透顶的旅行:在一个变化莫测险象不断的季节里,跟着一个找不准方向的向导。

*　　*

第十天:天气转暖,云层变薄,风也小些了。我们正步履艰难地走过一片开阔地,这时向导兴奋地指着远处叫喊起来。"山!"我这么想着,脉搏一下加快了。但他望见的不是山,他指的是人,骑在马上的人:他们正是野蛮人!我转向女孩,她骑在一匹我牵着的疲惫颓丧的马上。"我们马上就要到了,"我说,"前面那些是什么人,我们很快就能知道。"几天来就这一会儿我突然有了如释重负的感觉。我走向前去,加快脚步,带着我们这伙人朝着远处三个小小的人影走去。

我们朝着他们那个方向行进了半小时以后才发现彼此的距离并没有拉近。我们在动,他们也在动。"他们不理会我们。"我想,打算点起火来。但我一吩咐停下,对方那三个人好像也停住了。我们再往前,他们又动了起来。"他们是我们的投影吗?是光线造成的幻觉?"我踌躇着。我们没法缩短距离。他们跟了我们多长时间呢?或许他们认为我们在跟踪他们?

"停下,没有必要这样追着他们跑,"我对我们的人说,"不妨试试,他们是不是愿意跟我们当中的一个单独见面。"我骑上女孩的马朝那些陌生人的方向过去。有一会儿工夫,他们似乎停在那里,观望等待着。接着他们又开始向后退去,隐入了扬尘和雾霭之中,那边只有闪闪烁烁的微光。我拼命催马向前,但我的马已虚弱不堪,几乎拖不动脚步。我只好放弃追赶,下了马等着我的人赶上来会合。

为了保存马的体力,我们把每日的行程缩短了。我们用了一个下午穿越一片硬实的平川,只走了六英里路,在我们宿营之前那三个骑马的人一直在前面徘徊,不远不近正好在视线之内。马匹有一个小时的时间去啃啮那些干枯发黄的乱草,而后就被拴在帐篷边上。夜幕降临,星星闪现在雾蒙蒙的天穹。我们斜倚在篝火旁取暖,舒展着累得发酸的手脚,不想都挤到剩下的那顶唯一的帐篷里去。看着北面,我敢说可以望得见那边的篝火在一闪一闪,可是当我想指给另外几个看时,那边又复归一片茫茫夜色。

那三个人自愿睡在外头,轮流警戒。我很感动。"过一两天再说吧,"我说,"等天气变暖一些再说。"我们只是断断续续地睡觉,四个身子挤在只能容下两个人的帐篷里,女孩自觉地睡在最靠近外边的地方。

天还没破晓时我就起来了,向北面眺望。淡红色渐而转为淡紫色的朝阳又渐渐发出金色的光芒,远处轮廓模糊的人影渐渐清晰起来,不是三个人,而是有八个、九个、十个,也许是十二个人。

我用杆子和一件亚麻衬衫做了一面白旗,骑上马向远处的陌生人靠过去。风停下来了,天气转为晴朗,我策马前行还一边数着:十二个小小的身形聚在一座山丘旁边,远处最模糊的地方隐约衬出蓝幽幽的群山。我看到那些人在蠕动。他们排成一个纵列,像蚂蚁似的爬上山丘。爬到顶上他们停了下来。一阵旋起的扬尘遮蔽了他们的身形,过了一阵,他们又出现了:十二个骑马的人出现在天际线上。我缓慢地向他们靠近,白旗在我肩头飘舞着。虽说我一直盯着山顶处看,可是一不留神,转眼之间他们全都消失了。

"我们必须假装看不到他们。"我告诉自己这伙人。我们重新上马继续向山里进发。虽然马背上的负荷减轻了许多,但要驱策这些憔悴的动物迈出脚步,不能不用鞭子抽打,这真是很让人痛心。

女孩流血了,一个月总须来一次的血。她不可能掩饰这一点,她没有一点隐私,这个地方甚至没有一处有点模样的小树丛给她遮挡一下。她很不自在,男人们都很不自在。这是一种古老的禁忌:女人的月经血是一种坏运气的象征,对庄稼不好,对狩猎不好,对马匹也不好。男人们愠怒起来:他们让她离马远点,但这不可能;他们又叫她不要接触大家的食物。因为羞愧,她整天一个人待着,也不和我们一起吃晚饭。我吃过后,端着一碗豆子和糕团走进帐篷,她一个人坐在那里。

"你不该来照料我,"她说,"我也不该待在帐篷里,我只是没什么地方可去。"她对自己受到的冷遇没有提出任何疑问。

"没关系。"我对她说。我用手摸着她的脸颊,在她身边坐下来看着她吃。

现在不可能叫那几个男人跟她睡到一个帐篷里去,他们都睡在外头,篝火就点在那里,他们轮流守夜。早上,应他们的要求,我和这女孩举行了一个简短的洁净仪式(因为我和她睡在一起,我也不干净了):我用棍子在沙土上画了一道线,带着她跨过这道线,然后洗了她的双手,再洗我自己的,洗完后拉着她跨过线回到宿营的地方。"你明天还要再这样做一次。"她喃喃地说。在十二天的行程中,我们比此前几个月同一个屋顶下生活时更接近了。

我们抵达山脚下。陌生的骑马人慢慢地走在我们前面,在干涸的河床底部,这是一条蜿蜒的河谷的上游。我们不再试图跟上他们。我们明白,既然他们找上来,就是给我们领路的。

这地方越走石头越多,我们的速度也越来越慢。我们停下来休息时,或是看不见弯曲的河谷中的陌生人,也不担心了,因为知道他们不会不露面的。

为了攀越一座山脊,我们哄诱着马,推推搡搡,扯扯拽拽,结果不意与他们打了一个照面。在岩石后面,从水沟的藏身处后边,他们出现了,骑着毛色驳杂的小马,有十二个人,还有更多,穿着羊皮衣服戴着羊皮帽子,棕色的脸膛上是岁月留下的痕迹,狭长的眼睛,这就是本地土壤中活生生的野蛮人。我离他们很近,可以闻到他们身上的气味:马汗味、烟草味、半鞣制的皮革味。一个汉子用一支老掉牙的滑膛枪指向我的胸口,枪有一人长,枪栓拉开了。我的心跳停止了。"不。"我喃喃地说。出于有意识的谨慎考虑,我把牵着马的缰绳丢下,举起两只空空的手。我慢慢地转过身去,又拾起缰绳,在山麓碎石间哧溜哧溜地走着,牵着马回到山脚下我的同伴等着的地方。

野蛮人高高地站在我们上面,天际反衬着他们的身影。我的心怦怦跳着,马儿打着响鼻,风儿在轻吟,除此以外没有别的声音。我们已经越过帝国的疆界。须臾不可轻率从事。

我帮这女孩从马上下来。"你仔细听好了,"我说,"我带你顺着这个坡面上去,你要和他们去说话。带上你的拐棍,因为地面有些松软,没有别的路可以上去。当你和他们说话时,你就自己拿主意。如果你要跟他们走,如果他们会带你去自己家里,就跟他们走,如果你想跟我们一起回去,也可以跟我们走。明白了吗?你怎么着我不强迫。"

她点点头,看上去非常紧张。

我用一只手臂搂着她帮她攀登那个卵石累累的山坡。野蛮人没显出激动的样子。我数出三杆长筒滑膛枪;其余都是我非常熟悉的短弓。我们到达山顶时,他们稍稍向后退了几步。

"你可以看见他们吗?"我问,一边喘着气。

她用那种难以捉摸的古怪方式转着脑袋说:"不是很清楚。"

"盲人:盲人这个词怎么说来着?"

她告诉了我。我对着野蛮人说。"盲人。"我一边说,一边摸摸自己的眼皮。他们没有回答。马耳朵那里伸出来的枪依旧对着我。持枪人有一双闪着快意的眼睛。沉默的时间很长。

"跟他们说话。"我告诉她,"跟他们说我们为什么来这儿。告诉他们你的经历。把真实情况告诉他们。"

她用眼角看着我,微微笑着。"你真的要我把真相告诉他们吗?"

"告诉他们真相,否则还能说什么?"

微笑留在她嘴唇上。她摇摇头,继续沉默。

"告诉他们你想要什么。只是,虽说我尽了最大努力把你带过来,但我非常明确地想要求你跟我一起回到镇上去——这要看你自己的选择。"我紧握住她的胳膊,"你明

99

白我的意思吗？这就是我想要的。"

"为什么呢？"这句话死一般轻柔地从她的唇齿间掉了出来。她知道这会使我困惑不解，她从一开始就让我困惑不解。持枪的人慢慢走过来几乎要碰到我们了。她摇摇头。"不，我不想回到那个地方去。"

我走下山坡。"把火点上，烧上茶，我们要安顿下来。"我对那几个人说。我们头顶上，那个女孩一连串的话音像轻柔的小瀑布似的飘落下来，在一阵阵风里断断续续地传到我这里。她倚着两根拐棍，骑马的人都下来聚到她身边。我一句都听不懂。"真是错过了可贵的时机，"我想，"在那些无事可做的长夜里，本来应该让她教我学说她的语言！现在已经太晚了。"

* *

我从马背上的褡裢里拿出两只大银盘。我带着这玩意儿穿越了沙漠。我掀开裹在外面的一层丝绸。"你把这个拿上。"我吩咐道。我抓过她的手来摩挲，让她感觉到丝绸的柔软质地、盘子上的镂花——鱼和叶子交织的花纹。我也带来了她的小包裹，里面是什么东西我也说不上来。我把它放在地上。"他们会一直带着你走吗？"

她点点头。"他说一直到仲夏都是同路。他说他还要你们的一匹马，给我骑。"

"告诉他我们还有很长很艰难的路要走。我们的马匹情况很糟，他也能看得出。问问他们可不可以反过来，我们向他们买匹马。就说我们会付给他银子。"

她把这话传给那个老人听,我在一边等着。他的同伙都下了马,只有他还安坐在马背上,一支系着带子的老式的枪捎在背后。他们的马镫、鞍鞯、辔头、缰绳,没有一样是金属制品,全都是骨制品和木制品,在火上烤硬后用羊肠线缝制、再配上皮革系带。他们穿着羊毛或是其他动物的皮毛,从小就吃动物的肉和奶长大,对棉织品温柔的质感相当生疏,也难得领受谷物和水果的甘美、润甜:这就是那些被扩张的帝国从平原赶到山区去的野蛮人。我还从来没有在他们自己的土地上以平等的方式与这些北方野蛮人会晤过:我所熟悉的是那些来我们镇上做交易的,一部分曾沿着河边建立过定居点的人,还有就是乔尔上校那些悲惨的俘虏。今天在这个地方和他们相遇真是太突然,也真是太遗憾了!也许某一天,我的继任者会收集他们的手工艺制品:箭镞、曲形刀柄、木制盘碟等等,这些东西将被陈列在我收藏的为数不少的鸟蛋化石和那些天书一般的木简旁边。我在这里修复着未来的人和过去的人之间的纽带,用歉意把一具被我们榨干了的躯体归还——我是一个中介者、一个披着羊皮的帝国的走狗。

"他说不。"

我从袋子里拿出一小块银子,托在手里递给他。"对他说这块银子买一匹马。"

他弯下身,接过这块闪闪发光的银子,小心翼翼地咬一口,随手就藏到上衣里了。

"他说不。不能拿这块银子再换一匹马,这是付我的马钱的,他不要我的马了,就收下了这块银子。"

我差一点没发起火来。但讨价还价还有什么必要呢?她就要走了,差不多已经走了。这是我最后一次面对面清晰地看着她,把她的每个动作记在心里,试着去理解她本真的面目:我知道,从今以后,我将根据自己捉摸不定的欲念、整个儿靠搜索自己的记忆库来重构她的一切。我摸着她的脸颊,拿起她的手。在这个荒凉的小山旁,已近中午时分,我内心没有一点那种昧爽不清的性冲动,那种感觉曾夜复一夜地把我引向她的身体;心里甚至也没有一路上产生的那种同伴情谊,剩下的只是从一片空白的孤寂到孤寂的空白。我握住她的手紧紧捏了捏,但没有回应。我再清楚不过地看见眼前所看到的:一个粗壮结实的女孩,有着一张宽大的嘴巴、一排刘海覆在额前,凝视着我肩后的天空。她是一个陌生人、一个来自陌生地方的过路人,经过远不能说是愉快的短暂的访问后,她现在要回家了。"再见。"我说。"再见。"她说。声音呆板而不带一丝生气,我也一样。我向山坡下面走去,到山脚时,他们已经拿掉她手里的拐棍,把她扶上一匹小马了。

* *

毫无疑问,春天已经来了。空气柔和宜人;小小的绿草尖芽开始从各处冒出地面;成群的沙漠鹌鹑在我们面前追逐着。如果我们现在出行,而不是两周前的话,行程就会快得多,也不会冒那么大的生命危险了。但换一个角度来说,如果晚些时日动身,能不能赶巧碰上那些野蛮人呢?我肯定,就在这一天,他们在忙着折叠帐篷、把东西搬上大车,赶着牲畜要开始他们的春季迁徙了。冒那样的风险看来没错,尽管我知道跟去的那些人在责怪我。("冬天带我们出门!"我可以想象他们这样抱怨,"我们一开始就不该答应的!"一旦他们意识到并非如我暗示的那样去野蛮人那里完成什么特殊使命,而只是护送一个女人,一个离队的野蛮人囚犯,一个排不上号的人物,行政长官的娘儿们,他们又该怎么想呢?)

我们尽可能顺着来时的路线走,根据我仔细盘算的星辰方位返回。风已经过去了,天气暖和一点了,马匹的负重也轻了,我们知道自己的位置,照说肯定会比来时走得快。但第一个晚上宿营时却出了岔子。我被他们叫到篝火边,一个年轻士兵手捂着脸垂头丧气地坐在一边。他脱了靴子,脚布散开着。

"瞧他的脚,先生。"向导说。

他的脚红肿发炎了。"怎么回事?"我问这孩子。他举起脚给我看沾满了血和脓的脚后跟。在包脚布的酸臭之上我闻到了一股腐肉的臭味。

"你脚上这样子有多长时间了?"我喝问。他埋下脸。"你干吗什么都不说?难道我没告诉过你们脚掌必须保持干净,每隔一天就要换下包脚布洗干净,而且要用油膏涂到水泡上用绷带把伤处包好吗?我这样告诫你们是有道理的!现在你的脚这副样子怎么走路呢?"

这男孩一句话都不说。"他不想拖累大家。"他的同伴悄声说。

"他不想拖累我们大家,但现在我们要用大车把他一路拉回去了!"我喊道,"烧开水,让他把脚洗干净包起来!"

我说对了。第二天早上,他们试着帮他穿上靴子时小伙子痛得难以忍受。只能用绷带扎住,把他的脚包进一个袋子里扎紧,这样他才能一瘸一拐地踏出几步。当然大部分路程他得骑马。

这趟旅途结束时我们将如释重负。彼此在相处中都已经有点厌烦了。

第四天,我们到了那片古老潟湖干涸的湖床,顺着东南方向走了几英里,随后来到我们以前挖的水井,周围还有一簇光秃秃的杨树枝。我们在那里休息了一天,积聚精力去对付最后一段也是最艰苦的行程。我们煎了剩下的一块油糕,把最后一锅豆子煮成糊糊。

我总是独自一人。那几个人在低声说话,我走近时他们马上沉默了。一开始的兴奋已经在艰苦的旅途上消耗掉了,不仅因为它的高潮已是如此令人失望——沙漠中与野蛮人的交涉谈判后紧接着便是按原路折回——而且,当初那女孩在场对男人们是一种性别激励,使他们暗中较劲儿,但现在这种激励已不存在,他们情绪低落变得阴郁易怒,有意无意地处处找茬:他们抱怨我带他们走的这一趟鲁莽无益的旅途;厌憎那些不听使唤的马匹;又嫌他们同伙那只烂脚拖延了大家的行程;甚至对自己也是一肚子的怨天尤人。我率先把自己的铺盖搬出帐篷,睡到星光底下的篝火旁,宁愿在外面受冻也不想在帐篷里和三个闷闷不乐的人一起忍受那种令人窒息的暖意。第二天晚上,没人提出支帐篷,大家都在野地里露宿。

到第七天,我们已经艰难地走进盐碱地了。又死了一匹马。那几个人吃厌了每日单调乏味的豆子和面糕,要求把马尸拿来吃掉。我准许了,但自己不吃。"我和其他的马一起走前面的路。"我说。让他们去享受自己的盛宴吧,别让我在这里妨碍他们想象着是在割开我的喉咙;撕开我的肠子;砸开我的骨头吧。也许他们事后会客气些。

我渴念着自己熟悉的按部就班的日常生活,想念着很快到来的夏季,长长的夏日里多梦的午睡,黄昏里和朋友们一起在胡桃树下的谈话;小男仆送来茶和柠檬汁,令人惬意的姑娘们穿着华丽的衣裳三三两两地在广场上漫步,从我们面前走过。这些天里因为与世隔绝,她的脸庞在我记忆中愈益凝固起来,变成不透明的难以穿逾的一道屏障,她脸上就像给包上了一层隐蔽的壳。在盐碱地里跬跬举步时,有一瞬间我被一个念头悚然一惊:我竟会爱上这样一个来自邈远之域的姑娘。可是,现在我想要的只是在一个熟悉的世界里轻松自在地过日子,死在自己的床上,被老友们送往墓地。

* *

从离城门远远的、还差十英里的地方我们就辨认出凸起在天幕上的岗楼了,这时我们还在湖的南面呢,赭色的城墙已开始把灰色的沙漠隔为远处的背景。我扫了一眼身后的人,他们也加快了步子,一脸喜不自禁。我们三个星期没有洗澡换衣服了,身上一股臭气,发黑的皮肤饱受风吹日晒满是皲裂的皱纹。我们累到极点,但步子迈出去还像个男子汉,甚至那个脚上缠着绷带一瘸一拐的男孩也挺起了胸膛。本来也许会更糟糕,谁知道?也许本可以更好些,但无疑可能会更糟。甚至那匹塞了一肚子沼泽地烂草的马,似乎也恢复了元气。

田野里春天的第一批嫩芽开始萌发。一阵轻微的军号声传到了我们耳朵里,骑马的欢迎队列从城门口走出,阳光照得他们的盔甲闪闪发亮。而我们活像一群衣衫褴褛的稻草人,我要是早点吩咐大家在最后这段路上换上他们军人的行头就好了。我看着骑马的人靠近我们,期望着他们突然飞驰而来、向空中鸣枪、向我们欢呼。他们却俨然一副公事公办的模样——他们根本不是欢迎我们——我突然意识到,没有孩子们跟在屁股后头跑:他们分成两组围住我们,那些人当中没有一个是我认识的。他们眼神冷冰冰的,对我的发问概不作答,只是像押着一队囚犯似的带我们穿过敞开的城门。到了广场上,看见那里的帐篷,听到喧嚷声,我们才明白过来:大部队开过来了,一场对付野蛮人的战争正在进行中。

第 四 章

一个男人坐在法庭后面我办公室的桌子旁。我以前从未见过他,不过从他那身紫蓝色上衣的徽章上看,此人隶属国防部第三局。一堆系着粉色带子的棕皮卷宗搁在他肘边,还有一个朝他摊开着。我认出了这些卷宗:里面都是税收、征兵一类记录,时间可追溯到五十年前。他在仔细审查这些文件吗?想要找什么?我说:"有什么可以为您效劳吗?"

他没理会我,而两个看守我的士兵就像是两个木头人。我根本不想抱怨什么。经过几个星期沙漠中的长途跋涉,干站着不算什么了不得的事了。另外,恍惚之中我不无欣喜地捉摸到某种迹象,那就是我本人和第三局之间那种虚假的友好关系正在走向终结。

"我可以和乔尔上校谈谈吗?"我问。这是我瞎蒙的:谁说乔尔回到这里了?

他仍不搭理,继续装作在看那些文件。他是一个英俊的男人,有一副雪白的牙齿,漂亮的蓝眼睛。但空洞无物。我想。在我想象中他坐在床上,在一个女孩旁边,为她展示着自己的肌肉,沐浴在她的钦羡之中。在我的想象中,这种男人把自己的肢体当作是机器,根本不知道身体有自己的节律。当他朝我看的时候——他肯定会朝我瞥一眼的——就会透过那张英俊而不动声色的脸、透过清澈的眼睛,像演员似的从假面具后面朝我看来。

他从文件堆上抬起头。正如我想象的那样。"你去过哪里了?"他问。

"我离开这里出了一趟远门。所以十分遗憾,当您抵达此地时我没能亲自在这里迎候。但现在我回来了,我将尽力听候您的吩咐。"

他的徽章表明这是一个准尉,一个隶属第三局的准尉:这意味什么?我猜,最近五年来他一直从事着拳打脚踢修理人的工作;他对一般警察和通常的法律程序都看不上眼;他厌恶我这种拿腔拿调的贵族式的谈吐。但也许我看错了他——我离开首都已经多年了。

"你已经犯下了通敌叛国的罪行。"他说。

这就是答案了。"通敌叛国":这是书本上的说法。

"我们这里是和平的,"我说,"我们没有敌人。"一阵沉默。"除非是我搞错了,"我说,"除非我们就是敌人。"

我不知道他是不是明白了我的意思。"本地人在和我们作战。"他说。我真怀疑他这辈子是否亲眼见到过野蛮人。"为什么你要跟他们同流合污?谁允许你擅离岗位的?"

我对这种挑衅只能耸耸肩膀。"私人事儿。"我说,"这点你一定要相信我。我无意讨论此事。除非要谈的是不能像看待门卫的活儿那样看待一个地区行政长官的职责。"

当我夹在两名卫兵中间走向禁闭处时,脚步异常轻松。"我希望你们愿意让我洗个澡。"但他们没搭理我。这没关系。

我知道自己的快意从何而来:我和这些帝国保卫者们的结盟算是完结了,我已经把自己置于这些人的对立面,纽带断开了,我是个自由人了。谁能不对此发出微笑呢?但这是多么危险的快感啊!不会这么轻易就让我得到解脱。在我与他们的这种对抗后面真的有什么原则吗?难道仅仅是被新来的野蛮人中的一个逼视一番,桌子被他侵占;文件被他的爪子乱扒了一阵吗?至于我正在主动抛弃的自由,那对我来说有什么价值呢?诚然过去一年我有着无限的自由,在选择自己生活的方向时有着前所未有的主动权,但我真的享受其中吗?比方说吧,我心血来潮之下马上就可以把那个女孩当作老婆、小妾、女儿或是奴隶或全部都是,或者什么也不是,因为我对她不承担任何责任,无论发生什么都不关我的事,除了我时不时涌现的念头:在这种自由的压迫之下,谁不会觉得受些限制反而是解放呢?我这种对抗姿态,实在没有任何英雄与崇高可言——我必须时刻记住这一点。

就是去年兵营里他们用作审讯室的同一个房间。我站在一边看着原先睡在这里的士兵把他们的被褥撤出来,堆在门口。我带去的那三个人,仍是一副衣衫褴褛的邋遢样儿,从厨房那儿探头探脑地打量我。"你们在吃什么?"我朝他们喊道,"趁他们还没把我关起来快给点吃的!"其中一个人端了一大碗热粥小跑过来。"接着。"他招呼一声。

卫兵们把我推进屋去。"等一会儿,"我说,"让他把我的铺盖卷带来,我就不再给你们添麻烦了。"他们等在一边,我站在一小片阳光下一勺一勺喝着粥,活像一个饿鬼。那个脚烂了的男孩给我端来了一碗茶,脸上笑着。"谢谢。"我说,"别紧张,他们不会把你怎么样,你只是听命行事罢了。"我把自己的铺盖卷和一张旧熊皮夹在胳膊下走进了囚室。煤烟的痕迹仍还留在搁过炭盆的那面墙上。门被关上,黑暗降临。

我睡了一天一夜,只是觉得这地方声音有点闹人,墙后面我脑袋对着的地方发出砍凿的橐橐声,远处传来独轮车的辂辘声、干活的人的叫喊声。在梦中我又回到了沙漠里,穿过空漠的原野向着隐晦不明的目标跋涉而去。我润了润嘴唇,叹息着。"是什么声音那么吵?"卫兵送来食物时我问他。他告诉我,他们正在拆掉那些毗邻军营南墙的房子:他们要扩建军营,修建一些适用的囚室。"哦,是吗,"我说,"是文明的黑暗之花开放的时候了。"他不明白我的话。

这屋子没有窗子,只是墙壁高处有一个烟囱孔。不过,待了一天也许是两天之后,我的眼睛便已习惯了这种阴暗。当早晨阳光和夜晚灯光射进来、当门被打开,让我进食时,我还得挡住自己的眼睛。最好的时光是在清晨——当我醒来躺在那里听着外面鸟儿的第一声歌唱、看着烟囱洞的那一方天空,一瞬间黑夜退去,拂晓时分第一道灰色光线透了进来。

我得到的限量饭食和普通士兵的一样,隔一天他们把军营院子大门关闭一小时,让我出来洗澡,活动一下身子。

这时候总会有人扒在铁门的栅条上朝里张望,看这昔日掌权人沦落的景况。许多人都认识我,却没人跟我打招呼。

到了晚上,万籁俱静,蟑螂出来觅食。我听着,或许是想象着,那些小虫急切地拍打自己的翅膀、匆匆挪动腿脚穿过地板。它们被墙角那只大桶里的气味吸引过来,还有地板上的几小堆食物,当然毫无疑问我这血肉之山也散发着生活和腐败的种种气味。一天晚上,一阵羽毛般的轻柔之物掠过我的脖子,这动静把我弄醒了。从那以后我常在夜里惊醒,拼命地抽动,在自己身上掸来掸去,总觉有幻影在用触须拂弄我的嘴唇、我的眼睛。这一来我就变得心神不宁:我开始警觉起来。

我整天盯着空空荡荡的墙壁看,不相信所有那些被他们关进来的痛苦和嗟叹会没有留下一点能让人察觉的痕迹;我闭上眼睛,竭力把听觉调到可以听到无限微弱声音的程度,所有在这里受过难的人的凄喊声一定还在屋里撞击着,从这面墙撞到那面墙。我祈求有一天这些墙壁被推倒,那些不平的回声最终能够离去;可是砖块正在被一块块砌起,此时此刻要对这些声音置之不理真是太困难了。

我渴望地盼着锻炼身体的机会,向往栉风沐雨的户外活动,双脚真正踏在大地上;能看到别人的面容,听到人们说话的声音。两天的单独囚禁,我的嘴唇已经松弛而变得不听使唤了,自己说话的声音都变得陌生起来。说真的,人不是为独处而生的!我懵懵懂懂地只是围着一日三餐被人喂食的时间打转,到时候狼吞虎咽就像一条狗。动物一样的生活使我变成了一头野兽。

然而,也只有在这种全然空白的日子里,我才能全身心去细细重现那些落入这墙内以后就不想进食、再也不能行走自如的男人和女人的幽灵。

不知哪个角落,有个孩子正遭凶虐。我想起这个人,且不管她的年龄,她还是个孩子,她被带进这里,在她父亲面前被弄瞎了眼睛;她看着父亲在她面前遭受屈辱;心里明白他知道她看见了什么。

也许在这里时她的眼睛已经看不见了,她得用其他方式觉察自己的危境:比方说听到父亲恳求他们住手的声音冲口而出。

想到这里发生的事情的细节,总是让人心生畏葸。

从这以后她没有了父亲。她的父亲消失湮灭了,成了一个死人。一定是发生在这个时刻:当她和父亲被隔开的时候,那父亲受到审讯时——如果他们说的是真的——就像野兽似的扑向他们,结果被他们用棍子打倒在地。

我闭上眼睛一连几个小时想着这事儿,我坐在地板中间昏暗的光线里,试图重新勾勒出那个很难回忆的男人。所有呈现在我眼前的只是一个被称作父亲的人,那可能是所有眼看自己孩子受虐而无法庇护的父亲的形象。无法庇护自己所爱的人——他知道这是自己永远无法被原谅的。这种父亲的认识,这种自我定罪的认识使他无法承受。怪不得他有舍身拼命那一搏。

我以一种模棱两可、意义暧昧的父爱方式对那女孩加以庇护。可是为时已晚,她已经不可能对"父亲"有信任感了。我所做的是我觉得正确的事:我想要补偿她。我不会否认这种正当的驱动力,虽说这种驱动力掺和着颇成问题的动机:一定有我可以赎罪和修复的地方。对于那些宣称安全警戒比宽容得体更重要的人,我不该允许城门向他们敞开。那些人当着她的面把她父亲的衣服剥光,把他折磨得语无伦次;他们拷打她,而他无法阻止他们(那天我在办公室里,围着账册忙个不停)。从那以后她就不可能再被我们所有的人视为同类姐妹了,她的某种同情心肯定是死了;心理的某种情感活动也不再存在了。我也一样——如果把我关在这个囚室里跟那些萦绕着我的人影一直过下去——不仅有那父亲和女儿,还有那个甚至在灯光下也不肯把遮在眼睛前面的黑色小圆罩摘掉的人、他手下那些把火盆烧红的喽啰们,我也会受此感染而变得对世界万物都失去信任。

所以我继续殚精竭虑地围绕着女孩难以修复的形象打转,在她身上编织着某种意义,转而又编织着另一种意义。她倚着两根拐棍模模糊糊地向上瞭去。她看见什么了?是守卫者信天翁①的保护羽翼?还是一个当猎物还在喘息就不敢上前的胆小鬼乌鸦的黑色影子?

* *

虽说守卫得到命令不能向我透露任何消息,我在外面

---

① 信天翁被西方航海者视为吉祥之鸟,英国十九世纪诗人柯尔律治的长诗《老水手谣》写主人公射死信天翁招致厄运后又为此赎罪,此处暗用此典。

院子里放风时听来的只言片语却不难编织起一个脉络清晰的故事。最新的话题是关于河边的野火。五天前,那里只是黑乎乎的一片,比西北面的烟雾颜色更深一些。后来这片黑色慢慢蚕食到河道里来,有时会平息下去,但总会重新燃起,从城里这边望过去可以很清晰地看到它像一面棕色的幕布覆盖在三角洲上方,那儿是河流注入湖泊之处。

我可以猜到是怎么回事儿,某些人觉得河岸上留给野蛮人的隐蔽空间太多了,如果把河岸清理一下,就可以形成一道更有效的防护线。于是他们决定把岸边的灌木丛统统烧掉。由于风从北面吹过来,火势就蔓延了整个浅浅的河谷。我以前曾见过野火。火势蹿过芦苇丛,杨树像火炬一样燃烧起来。跑得快的动物如羚羊、野兔、野猫什么的,都迅速逃窜;一群群的鸟儿惊恐地飞去;剩下的,每样东西都被焚毁。但河边还有大片光秃秃的地带,火势蔓延不到那儿。所以必有一队人马要顺河道而下跟着火势走向去观察焚烧的进程。他们才不在乎一旦土地被如此修理,风就会剥蚀土壤,沙漠就会向前推进。这支准备讨伐野蛮人的远征军为了他们的军事行动正在蹂躏我们的土地、糟蹋我们的祖传遗产。

* *

槅架被清理过了、掸扫过了,擦得锃亮。桌子表面发出亮亮的光泽,桌上除了一只盛着五颜六色的玻璃球的小圆碟,什么都没有。房间收拾得一尘不染。墙角花几上一只大花瓶里木槿花在空气中散发着清香。地上铺了新地毯。我的办公室还从来没这样漂亮过。

我站在卫兵旁边,身上还穿着旅行时的那身衣服,内衣洗过一两次,外衣上还带着柴烟熏的气味,我等在一边,看着窗外阳光嬉逐着一树杏花,心里很满足。

过了很长时间他才进来,把一沓纸扔在办公桌上,坐下来。他盯着我看不吱声。他是想以某种威严给我留下印象,不过表现得太戏剧化了。他费心把我肮脏杂乱的办公室重新弄得像真空一般整洁;他缓慢地大步跨过房间;他傲慢无礼地审视我的眼光,所有一切的含义就是:他现在不仅把持着(我还怎么和他抗争?)这里,而且还知道怎么在这间办公室里表现自己,甚至知道怎么带出一种实用的优雅风度来。他何以觉得我值得如此大费周折?是不是因为我尽管身着发臭的衣服,脸上胡子拉碴,却仍然带着某种"名门贵胄"的气派?怕遭我嗤笑所以才着意把自己装饰一番?他这副做派来自对局里上级军官的仔细观察,这一点我毫不怀疑。即便我告诉他别介意、没关系,他也不会相信我的。我必须留心别笑出来才好。

他清了清嗓子。"我要向你宣读一些我们收集的证词,行政治安官,"他说,"以使你对自己被指控的严重性有个认识。"他做了个手势,卫兵出去了。

"第一条是:'他的管理工作有许多为人诟病之处。他总是以武断的方式做决定,申诉者有时要等几个星期才能得到答复,而且他对现金账目的管理也没有什么章程可言。'"他放下那些材料,"我得说,在审查了你的账目后我确信你做账确实混乱而毫无章程——'他不顾自己作为地区行政长官的身份与一个街头女人鬼混并不惜为她耗费大量精力,这是一种渎职行为。这种道德败坏的行为也是对帝国形象的亵渎,因为这个女人曾被一些普通士兵包养而且与许多人有过淫秽下流的勾当。'我就不重复这些勾当了。

"让我再来读一份材料。'三月一日,也就是远征部队来到这里的两个星期前,他命令我和另外两个男子(名字)准备马上出发去做一次长途旅行。他那时没有说要去哪里。当我们发现那个野蛮人女孩和我们一起出发时都感到很惊讶,尽管我们没问什么。我们对准备的仓促也很惊讶。我们不明白为什么不能推迟到春雪融化的时候。直到回来我们才明白,他的目的是要向那里的野蛮人透露我们即将发动进攻的预警信息……我们大约在三月十八日和野蛮人见面。在他和野蛮人几次长时间会晤时我们被排斥在外。并且他们交换了礼物。当时我们曾讨论过如果他命令我们投降野蛮人怎么办。我们决定拒绝命令自己回家……那女孩回到她自己人那里去了。他对她很着迷,但她却不在乎他。'

"就这样。"他放下证言材料,细心地把四边码齐。我依然沉默。"我念的仅是一些摘要。好让你明白一个大概。我们来到这个办公室清查当地行政事务说明问题很严重。这本不是我们的工作。"

"我将用法律手段为自己辩护。"

"是吗?"

我一点也不意外他们会这样做。我很清楚含沙射影和细枝末节能被赋予多大的力量;我明白在这种情况下想套出什么样的答案应该采用怎样的诘问。只要法律能为他们所用,他们就要用它来对付我,不行再换别的招儿。这是第三局的伎俩。对于不受法制约束的人来说,合法程序只是多种工具中的一种罢了。

我说话了。"没人敢当着我的面说这样的话。谁对证言中第一条指控负责?"

他手一挥又缩回去。"没关系。你有机会做出答辩。"

于是我们在寂静的晨间互相考量着对方,最后他拍拍巴掌喊卫兵进来把我带走。

我在单人囚室里把他这个人推敲了很久,想弄明白他的敌意,试着用他看我的眼光来看我自己。我想到了他在我的办公室上花的功夫。他并没有把我的公文一把推开扔到角落里将自己的靴子搁到我的办公桌上,反倒不吝费神地向我展示他的良好品位。为什么?这副年轻健硕的身姿和街头打手那般肌腱鼓凸的胳膊就这样被塞进第三局为自己这伙人特制的这身紫蓝色制服里。头脑空空,只是急于邀功讨好乞赏——我敢肯定。对女人充满胃口,但不会被满足也不会满足别人。曾被告知人要爬到最高处就得踏着别人的身体。梦想着有一天要把脚搁在我的脖子上再使劲踩一下。至于我?我发现很难对他报以同样的恨。通往高层的路对于一个没有钱、没有背景、学历有限的年轻人来说相当艰难,于是他们要么为帝国服务,要么很容易去从事犯罪活动。(若是从事公务,还有什么比第三局更好的地方可让他们选择呢!)

当然我在这种监禁的屈辱中过得并不容易。有时候我坐在垫子上盯着墙上的三处污点,思绪总是飘向那个地方,第一千遍地想着那些问题:为什么它们排成一行?谁把它们弄上去的?它们代表着什么吗?或者是在房间里丈量步子,边走边数:一、二、三,一、二、三……或者是无意识地用两只手搓自己的脸——我意识到他们已经把我的世界压缩到何等渺小的程度;我如何日渐一日地在变成一头野兽或是一架简单的机器,比方说,变成一架小孩子玩的转盘,外面一圈有八个小人形代表不同的形象:父亲、情人、骑手、小偷……接下来我就被这种恐怖的旋转弄晕了,在囚室里猛甩胳膊,扯自己的胡子,使劲跺脚,尽一切办法提醒自己外面还有一个斑斓多彩的世界。

还有别的屈辱。他们无视我要换干净衣服的请求。我没有什么替换的只好穿着原来那一身。每个活动日,我需要在卫兵监视之下,用冷水洗自己的一两件东西,一件衬衫或是一条长内裤,然后带进囚室晾干(我留在院子里晾晒的衬衫两天后不见了)。我鼻孔里总是嗅着一股衣服不见阳光的霉湿气味。

还有更糟的。天天汤粥加茶水的单调食谱给我的肠蠕动造成极大窒碍,我总要憋上几天等到肚子胀得发硬了才能拖着身子到便桶上去蹲着忍受一阵阵的痛感,排泄的痛苦还伴随着用手纸时的撕裂感。

没人打我,没有饿我,也没人朝我吐唾沫。我的痛苦是这样不起眼的琐碎,又怎能把自己视作被逼迫的受害者呢?

可就是因为不起眼的琐碎,所有这一切才更加令人屈辱。当房门第一次在我身后关上,钥匙在锁眼里打转时我记得自己还在微笑。从独来独往到被关入单人囚室,似乎并没有多大区别,也没造成太大的痛苦,因为我还有一个思想和回忆的世界伴随左右。但现在我理解了自由是多么基本的需要。我还剩什么自由呢?可以自由地吃也可以自由地饿;可以自由地沉默也可以对着自己喋喋不休或是对着门扇拳打脚踢或是尖声喊叫。如果我被关在这里时遭遇的是一桩普通的冤案,那现在我已仅仅是一堆行尸走肉,充满痛苦罢了。

我的晚餐是厨子的小孙子送进来的。我想他一定很纳闷老治安官居然会被单独关在一个黑屋子里,可是他什么也没问。他进来时还有点兴高采烈,带着一个托盘,卫兵让门开着。"谢谢,"我说,"很高兴看到你来,我真是饿了……"我把手放在他的肩膀上,尽量用人类问候的言辞拉近彼此的距离,他站在那里一脸认真地等候我品尝食物同时夸上几句,"今天你奶奶怎么样啊?"

"她挺好的,先生。"

"那你的狗呢?回来了没有?"(院子里传来他奶奶呼唤他的声音。)

"没有,先生。"

"春天到了,你知道,这是交配季节:狗都跑出去找配偶了,它们要在外头待几天的,回来后也不会告诉你它们去了哪儿。你不必担心,它会回来的。"

"是的,先生。"

我如他所愿尝了一口汤,咂咂嘴巴。"对你奶奶去说,谢谢你们的晚饭,很好吃。"

"是,先生。"又传来了呼唤声。他拿起早上的大杯和盘子准备要走。

"告诉我:那些士兵回来没有?"我迅速问他。

"没有,先生。"

我打开门,在走廊里站了一会儿,听见辽阔的紫罗兰色的天穹下鸟儿在树上发出最后的啼鸣。这孩子端着盘子穿过院子。我没什么东西可以给他,连一颗纽扣都没有。我甚至没有时间教他怎样把手指关节摆弄得嘎嘎作响,或是怎样把鼻子捏进拳头里。

我正在忘记那个女孩。晚上临睡前我意识到一个冰冷的事实:这一整天我都没想到她。更糟的是,我甚至不能回忆起她到底长得什么样子。从她空空洞洞的眼睛里冒出来似乎总是雾蒙蒙的一片空旷,将她笼罩其中。我盯着黑暗深处等待着出现一个形象,但仅有的记忆是我涂油的手滑过她的膝盖、腿肚子和脚踝的情景。我试图回忆起我们很少的一点亲昵样子,但这种记忆往往被我有生之年曾插入过的其他温热肉体挡住了。我正在忘记她,忘记她,我知道,是有意识地忘记她。我知道,并不是在军营门口碰上了把她带进屋里那一刻我就想明白了自己对她产生的欲望,而现在我正在一步步地把她埋藏在遗忘中。手若冰凉,心也冰凉:我记得这句箴言,把手掌抚在脸颊上,黑暗中叹息一声。

梦中有人跪在墙的隐蔽处,广场一片空旷,风把尘土刮成溜溜打转的云团,她缩在外套里,把帽子拽下来遮住自己的脸。

我站在她面前俯视着她。"哪儿疼?"我问。我感到语言一从嘴里出来就慢慢变得微弱无力,这话像是另外一个人在说,一个无躯体的幽灵。

她吃力地拖着两条腿朝前挪动,手抚着脚踝。她非常小,小得几乎要从她穿在身上的一件男人的外套里消遁。我蹲下来,脱下包住脚踝的羊毛短袜,打开绷带。两只脚在尘土中向我袒露——不像真人的,丑陋怪异,像两条搁浅的鱼、两只大土豆。

我拿起一只搁到自己膝盖上摩挲着。泪水从她眼睑后面涌出来淌下面颊。"很痛!"她小声啼哭着。"嘘,"我说,"我会让你暖和起来。"我又拎起另一只脚,把两只脚抱在一起。风卷起尘土向我们刮来,我牙齿咯咯作响。我醒了,牙床疼痛,嘴里有血。夜真静,月亮很暗。我躺在那里向黑暗凝视了一会儿,重新坠入梦中。

我走进军营的甬道,面对着院子,发觉它像沙漠一样大得邈远无际。从这一头没法看到那一头,但我还是踉踉跄跄地朝前走着,扛着那女孩——这是我仅有的一把迷宫钥匙,她的头垂挂在我的肩膀前,两只毫无知觉的脚垂在另一边。

在一些别的梦里,我称作女孩的人改变了身材、性别和大小。在一个梦里有两个形体把我吓醒了:巨大而空白,它们不停地长大长大,直到鼓满了我睡觉的整个房间。我醒过来,想要叫喊,嗓子被堵了。

从另一方面来看,这些日子过得像白粥一样淡而无味。我还从没这样被无所事事的日子揪住不放。外界的风云际会,我自己的道德困境(如果这算是个困境),上法庭为自己辩护的前景,在如此囿于饥来即食困来即眠的动物般的日常生活中,所有的一切对我来说都已意兴索然。我感冒了,成天不停地打喷嚏擤鼻涕,整个人成了一具痛苦的躯体,只惦记着病痛只想好受些。

* *

这天下午,墙外瓦匠砌砖抹灰那种毫无节律的"嘀嘀哚哚、嗤嗤嚓嚓"的声音突然停止了。我躺在垫子上竖起耳朵听:远处空气中低沉微弱有如电流的声音在静谧的午后嗡嗡作响,没法把它解析成可以分辨的声音,但这仍使我感到紧张不安。暴风雪吗?我把耳朵贴在门上也听不出什么。军营大院空落落的。

后来,又响起那种"嘀嘀哚哚、嗤嗤嚓嚓"的声音。

傍晚时分门打开了,我的小伙伴又送晚饭来了。看得出他急于想告诉我什么事,但卫兵也跟着他进来,站在那里把手按在他肩上。只有他的眼睛、兴高采烈的神情在暗示我:我敢发誓他想告诉我士兵们已经归来。但真要是这回事,为什么没有军号和欢呼,为什么广场上没有马匹踏步行进的声音,为什么没有准备盛宴的忙碌景象?为什么卫兵把这男孩抓得这么紧,还没来得及让我在那刚剃过的光脑门上吻一下就被士兵拽走了?一个明显的答案是士兵们回来了,却并非凯旋。如果是这样,我得当心了。

夜里晚些时候,院子里爆发出一阵喧闹声。门被砰砰打开又关上,踢踢踏踏的脚步走来走去。有些声音我可以听得很清楚:他们嚷嚷的不是什么战略战术也不是野蛮人军队,而是腿脚怎么酸痛身上怎么疲惫,谁是该卧床休养的伤病者。一小时后一切都复归平静。院子又空了。看来没有囚犯,起码这该额手称庆。

*　　　*

快到中午了我还没用过早餐,我在房间里踱来踱去,饥肠辘辘,肚子里像牛胃反刍似的倒腾起来。一想到咸粥和红茶就忍不住咽唾沫,我实在忍不住。

没有迹象表明我会被放出去,按说今天是可以活动的日子。瓦匠又在干活了,院子里传来日常起居的动静,我甚至还能听到厨子呼唤她孙子的声音。我敲门,却没人理会。

到了下午,钥匙在锁眼里转动起来,门打开了。"你要干什么?"我的看守问,"干吗敲门?"我准是让他觉得非常讨厌!对一个整天看守着一扇紧闭的门,关照着另一个人的动物需求的人来说,这很自然!他也被剥夺了自由,也会把我视为剥夺他自由的人。

"你们今天是不是不让我出去了?到这会儿我还一点东西都没吃过。"

"你叫我就是为这个?会给你吃的。稍稍耐心点,你瞧你也吃得太胖了。"

"等一下。我要求清刷便桶。这里太臭了。地板也该冲洗了。我还得洗衣服。我不能穿着这身臭气熏天的衣服站在上校面前。这只会让看守我的人丢人现眼。我需要热水、肥皂和抹布。让我把便桶迅速洗刷一下,从厨房里拿热水来。"

我关于上校回来的猜测一定是对了,因为他没有反驳我。他把门又拉开一些,站在一边催道:"快点!"

厨房里只有一个洗涤女工。我们两人进去时她吓了一大跳,确切说是想逃开去。关于我的事儿人们在传些什么呢?

"给他点热水。"卫兵命令道。她佝偻着踅向灶头,那儿总是翻滚着一大锅冒着蒸汽的热水。

我扭头对卫兵说:"大桶——我去拿一只大桶来盛水。"我甩开大步几下跨过厨房走到暗旮旯里,那儿堆码着整袋的面粉、盐和经过碾轧的小米,还有干豌豆和蚕豆,拖把和扫帚也一起堆着。墙上一人高的地方有挂东西的钉子,上面挂着单人囚室的钥匙,边上还有一块羊肉。我马上把它塞进口袋。转身时顺手提上一只木桶。我拎着桶,那姑娘捏着长柄勺把滚烫的水舀进桶里。"你好吗?"我对那姑娘说。她的手直哆嗦,连勺子都快捏不住了,我从她手里接过勺子。"给我一块肥皂和旧抹布好吗?"

回到囚室我尽兴地用热水洗刷一番。我洗了仅有的一条换洗内裤,那都臭得像烂洋葱了,我洗净拧干后把它挂在门背后的钉子上,然后把桶里的水全泼在地板上。完事后我躺下来等待天黑。

*　　*

　　钥匙在锁孔里匀滑地转动。除我之外还有多少人知道这些秘密呢:打开我囚室的钥匙也是军营会堂里那只大橱的钥匙;厨房楼上那些套间的房门钥匙就是军械库门钥匙的复制品;可以进入西北面塔楼的钥匙也可以打开东北面塔楼那扇门;会堂里那只稍小的橱柜里面有条通道,出口处就在院子里的水管上面。一个三十年来专心留意日常琐事中诸多细节的人不会徒劳无功的。

　　星星在幽暗的天空中一眨一眨。透过院子大门的铁栅栏可以看到广场那边有火光在闪烁。靠着门,我使劲盯着那儿看,可以辨认出那儿有个黑色的人形,靠墙坐着一个人,或是蜷曲着睡着了。他看到囚室门口的我吗?我警觉地站了几分钟。他没动。我贴着墙根走过去,赤脚踩过路上一颗颗沙砾,发出细微的沙沙声。

　　我转过墙角穿过厨房的门。下一道门通向楼上我过去的寓室,现在锁着。第三道门和最后一道门都敞开着,那小房间有时是为伤员或病人所用,有时也仅是宿舍而已。我蹲下,两只手在前摸索着,在昏暗中朝安装着栅栏的蓝色窗子走去,生怕撞上什么人,那些人的呼吸声我听得清清楚楚。

　　一句含糊不清的梦话从一连串鼾声中冒了出来:我脚边那个熟睡的家伙呼吸很快,每一下呼吸都伴随着微微的呻吟。他在做梦吗?我挪几寸停一下,像一架机器,他还在黑暗中呻吟喘息,我匍匐而过。

我站在窗前察看城镇广场,猜想着是否会看见篝火、拴在一起的成队的马匹、架起的枪械和一排排帐篷。但几乎什么都没有:那里只有一点余烬未消的亮光,兴许还有远处树下那两顶白色帐篷里发出来的光。这么看来远征军没有回来!抑或,这里为数不多的几个人难道是幸存者?想到这里我的心跳都停止了。但这不可能!这些人并非是去作战:最坏的可能是他们只在河的上游地区扫荡一番,打劫那些手无寸铁的牧羊人,强奸他们的女人,掠夺他们的家财,把他们的牲畜撵得四下逃散;最好的情形是他们压根儿没碰上什么人——当然也没碰上第三局倍加防范的那些野蛮人部落。

有手指像蝴蝶翅膀一般拂过我的脚踝。我弯膝而踞。"我很渴。"一个声音带出这几个字。正是那个呼呼喘气的男人。这么看来他没睡着。

"安静些,我的孩子。"我悄声细语道。端视之下,注意到他朝上翻起的眼球。我摸摸额头:他在发烧。他的手伸过来握住我的手。"我太渴了!"他说。

"我去给你拿水,"我在他耳边悄声说,"可你得保证别作声。这里有病人,他们要睡觉。"

门边的阴影没有移动,也许那儿什么也没有,也许那只是个大麻袋或是堆置的木柴。我踮着脚尖穿过沙砾地去引水槽那儿士兵们洗刷的地方取水。那水不干净但我不可能去打开水管,一只煎锅挂在水槽边上,我舀满一锅踮着脚回来。

那男孩强撑着想坐起来却实在太虚弱了。我扶着他让他喝水。

"发生什么事了?"我轻声问,另一个睡着的人动弹一下,"你受伤了还是生病了?"

"我太热了!"他哼哼着,要把身上盖的毯子掀掉。我阻止他。"你要出点汗好让热度消退。"我悄悄说。他慢慢地摇着脑袋,从一侧换到另一侧。我握着他的手腕一直到他再度沉入昏睡。

窗框上有三根栅条:军营里所有楼下的窗框都安装了栅栏。我提起脚抵住窗框,抓住中间一根栅条用力拽扯。我累得一身大汗,背上有一处刺痛,栅条竟纹丝不动。窗框突然发出咔啦啦的响声,我怕仰面跌倒连忙抓住栅条不敢撒手。那男孩又呻吟起来,又有一个睡眠中的家伙清了清喉咙。我痛得差点叫出声来,就在全身重量都压在右腿上的时候。

窗子开了,我把栅条使劲推到一边去,从夹缝中钻出脑袋和肩膀,用力挤出整个身子,最后跌落在军营北墙下一排修剪过的灌木丛里。这时我脑子里所有的念头就是痛,最渴望的就是随便拣个地方侧身躺下,让屈起的膝盖顶着下巴。至少有一个小时,我明明可以继续逃跑,却躺在那里,听见开着的窗子里传来人们睡梦中的呼叹,那个男孩喃喃地自言自语。广场那边最后一点余烬熄灭了。人和动物都进入了梦乡。这是天亮前的一个小时,是最冷的时刻。我感到地底下的寒气在往我骨髓里侵入。如果我在这里再多躺一会儿就该冻僵了,到天亮就会被扔进独轮车推回囚室里去。我像受伤的蜗牛似的沿墙爬行,朝着通往广场的第一条黑暗的街口爬去。

小客栈后面那儿的栅门铰链锈蚀了。那地方散发出一股腐烂味儿。厨房里的菜叶子、烂果皮、肉骨头和灰土什么的都扔在这儿,用叉子给翻搅到泥土里。但大地已经疲惫了,用叉子埋这星期的垃圾,就会翻出上星期的。这里成天苍蝇盘旋,大小蟑螂满地爬行。

木楼梯下面通往阳台和仆人住处的地方是一个堆放杂物的暗旮旯,那里堆置着木材,是下雨天猫儿避雨的地方。我爬进去蜷缩在一只旧袋子上。一股尿臊味儿,不用说准是爬满了跳蚤,我冷得牙齿咯咯作响,可是这会儿我只想着怎么叫背上的痛楚减轻点才好。

* *

我被楼梯上走上走下的脚步声吵醒了。这是大白天了:我的脑袋昏昏沉沉,哆嗦着藏在自己的窝穴里。有人打开了厨房的门。小鸡在四面八方叽叽喳喳叫唤着。我迟早可能被发现。

尽管心里畏畏葸葸,我还是壮着胆子爬上楼梯。我这身脏臭的衣裤、我这双光着的脚板和凌乱拉碴的胡须,在别人看来肯定非常古怪,我祈求别人最好能把我看作一个肮脏的仆人,一个夜宴归家的马夫。

过道里阒无一人,那姑娘的房间敞着门。房间像以往一样整齐干净:床边的地板上铺着羊毛地毯,窗前垂挂着红色方格图案的帘子,靠墙的柜子上有放衣物的槅架。我把脸埋在她散发着香气的衣服里,想着那个给我带来饭食的男孩,我把手放在他肩膀上的时候,由于长时间的强制的独处,蓦然觉出抚摸一个身体是那么治愈我僵硬的身躯。

　　床铺好了。我的手在床单中滑动时想象着自己在感受她身体的余温。没有什么比蜷缩到她的床上更让我欣悦的事了,把头放倒在她的枕头上,忘记我所有的酸痛;忘记此时肯定已经开始的对我的搜捕,像故事中的小姑娘一样跌进昏睡中。这样一个早上,这种柔软温暖和早晨的芳香给我的感觉真是一种骄淫奢侈!我叹了口气跪下去钻进床底下。脸朝下贴着地板,身子紧贴着床,挪动肩膀时床就会被我顶起来。我想使自己静下心来在这里躲一天。

　　我时醒时睡,不时从一个飘忽的梦境飘向另一个梦境。快中午时已经热得没法睡了。但我还是憋着满身大汗缩在藏身的窝里不敢出来。挨了又挨,我终于忍不住爬了出来,哼哼叽叽地挪出身子,蹲到马桶上,背上又是一阵撕裂的痛,我用顺手拿来的手帕揉拭着,白手帕上全都是血。腥臭气顿时弥漫整个房间,连我这样一个终日守着墙角里溢出秽物的便桶吃了又睡的人都觉得恶心。我打开房门一瘸一拐地穿过楼道。从阳台上可以看到一排排屋檐,越过屋檐顺着南边墙头望过去,就是绵延无尽直通蓝天的沙漠。眼下四处无人,只有小巷那边有个女人在一步一挪地扫地。一个小孩手膝并用地在她身后爬行着,屁股朝天,在尘土中推着什么,我看不见那是什么东西。那女人转过身来,我正好走出阴影举起便桶往下面的垃圾堆上倾倒。她没注意。

在将近正午的阳光里小镇开始发怔。早晨的活动都结束了,约莫靠近正午时气温会蹿升,人们都回到自家阴凉的院子里或是绿荫遮窗的房间里去了。街边水沟的咕嘟声消失了。唯一能听到的声音是给马蹄挂掌的工人在铁砧上叮当叮当地敲打,斑鸠咕咕地叫着,还有远处什么地方小孩在啼哭。

我叹着气把自己放倒在她床上熟悉的花香里。能和小镇的人一起打个盹该多美啊!这样的天气,这样濡热起来的春天已经开始转向夏天了——能融进他们慵适的梦乡真是太惬意了!当这个世界还在平静地沿着自己的轨道运行时为什么我就该承受这样的灾难呢?这样的情景很自然就浮现在我面前:当太阳阴影拉长,第一阵微风吹动树叶的时候,我苏醒过来,在床上遐想一阵,然后穿好衣服走下楼梯穿过广场到我的办公室去,一边走一边向朋友邻居点头打着招呼,然后,花一两个小时整理一下办公桌上的材料,归档上锁。然后,该干什么还继续干什么。可我现在躺在这里成了一个被追捕的人,我不得不摇摇头眨眨眼睛才意识到这一点:那些执行搜捕任务的士兵很快就会来这里,又会把我拖进囚室关起来,把我的视线和天空、和其他人隔开。"为什么?"我埋进枕头呻吟着,"为什么是我?"这世界没有一个人比我更无辜更冤枉的了。我是个十足的孩子!但他们一定会把我关起来耗到油尽灯灭,使我的躯壳臣服于他们的淫威手段。然后某一天,他们会毫无警示就把我带出去,把我推进不公开的紧急审判庭,呆板的小个子上校在那儿主持,他的助手向我宣读我的罪状,还有两个下级军官权作陪审推事,为使整个把戏看上去像是一种合法程序——没有他们这便是一处空空荡荡的法庭。接下来,如果他们在战场上连遭挫折,特别是野蛮人让他们丢了脸,他们就会判我"叛国罪"——对此我有什么可以怀疑的呢?从法庭判决到执行死刑,他们会把我折腾得连哭带喊,神志迷糊得像个初生婴儿,到头来还紧紧抓着无罪之人不该受罚的信念。"你是在梦里!"我对自己说:我把这句话大声说了出来,琢磨着这几个词,试图抓住它们的意义所在:"你得醒醒!"我有意识地让脑中浮现出我所知道的无辜者形象:那个赤条条地躺在灯光下的男孩双手捂着自己的腹股沟;那些野蛮人囚犯蹲在尘土中,手遮着眼睛,等着接下来不可逆料的什么事儿。曾经践踏蹂躏过他们的这头巨兽现在又要来蹂躏我,这有什么不能理解呢?我真的不是怕死。我怕的是仍像现在这样浑浑噩噩不明不白就遗憾地死去。

楼下院子里传来一阵嘈杂声,有男人也有女人。我连忙跑进藏身的地方,很快听到脚步声踩着楼梯上去。他们先是走到阳台尽头那儿,然后慢慢地往后退,在每个房门前停顿一下。楼上这些小隔间,是仆人睡觉的地方,也是士兵们夜间来获得隐私的地方,而隔间的墙壁不过是贴了纸的木板。我可以清楚地听到搜查的人依次打开每一扇门。我紧紧贴着墙壁,但愿那人没闻出我的气味才好。

脚步声转过拐角穿过过道。我这房间的门被打开了,门开着有几秒钟,又关上了。我逃过一劫。

一阵轻盈迅疾的脚步声,有人穿过楼道进房间了。我正好面朝里面,连她的脚都看不见,但我知道就是那个姑娘。这时候我也许应该露面,求她把我藏起来,到晚上我就可以潜出镇子跑到湖边去。但这行吗?当床铺一阵晃动我出现在她面前时,她准会尖叫着喊救命。而且,谁说她会帮助一个声名狼藉沦为亡命徒的男人逃命呢?这男人不过是来这房间寻欢的许多男人中的一个,她与他们交往,只是从他们身上赚点生活费罢了。这会儿她是否能认得我都是个问题呢。她的脚在房间里走来走去,这儿停一下,那儿停一下,我辨认不出她的行动轨迹。我一动不动地躺着,屏声敛气,任凭汗流浃背。突然她又出去了。楼梯一阵响过,又归寂静。

我又是一阵松快,脑子清醒后突然觉得躲在这里真是荒唐至极,这么东窜西躲,在大热天的午后藏在床下等机会潜逃到芦苇丛里,靠掏鸟蛋摸鱼来充饥,睡在地洞里,苦苦熬过这段时光等着边境重归太平——这是愚蠢的念头。事实上我已经不是我自己了,就在我意识到那个士兵手按着男孩肩头暗示他不得向我透露什么,而那一天无论发生了什么一定都会归咎于我时,我已经成为惊弓之鸟了。

我走进囚室时是个神志正常的人,心里很明确自己行为的正当性,虽说直至今日我对自己行为的动机仍未十分明了;但这两个月来眼前除了四面墙壁上莫名其妙的污渍和一地蟑螂什么也看不见,除了自己身上的臭味什么也闻不到,除了梦间跟嘴唇似乎贴了封条的幽灵对话没有一个人可以交谈——我对自己远不如当初确信了。不时出现的想抚摸和被抚摸的欲望强烈得让我呻吟不止。我只企盼着一早一晚和那个男孩的短暂接触!我只想在一张舒适的床上躺在女人的怀抱里；只想有食物可吃；在太阳底下行走——这些要比是不是由警察来决定谁是我的敌人谁是我的朋友的权利重要多了！倘若这镇上每一个人都鄙视我在那蛮族女孩身上所做的一切，而这儿的年轻人又被我的野蛮人门徒戕害，使我陷入众叛亲离的局面，我还怎么能够安之若素呢？如果我的态度不是坚如磐石，我又何苦受那些穿蓝制服的人的折磨呢？不管我对这些审讯者怎样说实话，把我对野蛮人说过的话全部复述出来，即使他们几乎相信我的话了，他们还是会以严酷无情的手段对付我，因为他们的信念就是只有最极端的方式才能得到最彻底的真相。我正在逃离痛苦和死亡，可是我没有逃亡的计划，因为我躲进芦苇丛一个星期后就会被饿死或是被烟熏出来。说真的，我只想图个平安，只想爬上一张柔软的睡床，钻入一双友爱的胳膊里。

又是一阵脚步声。我听出是那姑娘急速的步子，这次她不是单独一人而是带了一个男人进来。他们走进房间。听嗓音他只是个少年。"你不应该让他们这样对待你！你不是他们的奴隶！"他用激烈的口气说。

"你不明白，"她回答，"不管怎么说，我现在不想谈这个。"一阵沉默，然后是更为亲昵的声音。

我窘得要命，待在这里真是太不合适了。然而我就像闹剧里戴了绿帽子的人一样屏住了呼吸，陷入越来越深的耻辱中。

一个人坐到了床上。靴子甩到地板上，衣服也扔下来了。两具躯体离我只有一英寸。床板被压低了，压到我的背上。我闭上耳朵,羞于听见他们之间的言语,但一阵阵的翻滚和呻吟还是钻进来了,我太熟悉了,那姑娘沉浸在欣悦中——那是我曾经给予过的。

床板重重地压在我身上,我尽可能摊平身子,床板嘎吱嘎吱地响起来了。我在床下汗流如雨,窘迫加上恶心,几乎不能自已,终于忍不住呻吟出声:悠长的低沉的呻吟从我喉咙里冒出来融入了他们的喘息声里。

完事后,他们慢慢平息下来,翻腾扭动停止了,他们并排躺着渐渐睡着了。我心烦意乱,全身僵硬,在床下睁大眼睛等待着夺门而出的机会。这时候就连小鸡都开始打盹,只有太阳还醒着。平顶楼板下的小屋热得几乎让人窒息,我一整天没有进食没有饮水了。

我用脚抵着墙从床底下慢慢挪出身子,抖抖瑟瑟地坐起来。背上痛得要命,是老年人的痛。"对不起。"我悄声说。他们酣睡着,像两个孩子,一个男孩一个女孩,赤裸着身子,手挽着手,汗珠子往下流淌,他们的脸庞宁静而明朗。一阵羞愧的浪潮又即时涌来,她这美丽的胴体没有引起我的欲望,却给了我一道棒喝:没有什么比一具松弛发臭的老迈躯体把这个身体抱在怀里更丑陋的景象了(他们怎么就没闻到我呢?)!我竟然曾把自己的身体压在这个像花一样妖娆柔嫩的孩子般的身体上——不仅对她,另一个不也是吗?我本该待在自己该待的地方——身躯肥胖的胳肢窝发出辛辣气味的悍妇、阴道松弛的妓女——在那儿让自己去糜烂。我踮着脚尖一瘸一拐地下楼去,在阳光照耀下几乎睁不开眼睛。

厨房门敞开着,一个老妪弯着腰嚅动着没牙的嘴巴,她站在那儿从一口铸铁锅里在吃什么。我们的眼睛相遇了,她愣住了,勺子停在嘴边,嘴巴咧开着。她认出了我。我举起手向她微笑——我很惊讶居然这么轻易就能微笑。勺子又动起来,嘴唇盖住了上面的食物,她的眼睛移向别处,我穿了过去。

北面带有栅栏的门关着。我登上城墙边的瞭望塔向远处望去,看见了日夜渴念的景色:贴着河流是一道绿色的开阔地带,此刻染上了一块块黑斑,色泽浅显的绿色沼泽地里新生的芦苇正在抽芽,湖面上闪着炫目的亮光。

但事情有些不对。我已经与外界隔绝多久了?两个月还是十年?城墙下面那片麦苗这会儿按说应该有十八英寸高了,现在却没有,只有灌溉区的最西边能看到一些作物显出病恹恹的黄色。靠近湖边的近处是大片光秃秃的荒漠,挨着灌溉墙边是一抹灰色的分际线,那儿堆放着残黍败秸。

我眼前的田野、阳光照耀的广场、空旷的街道,一切都演化出一派不曾见过的残败景象。这个城镇被遗弃了——还能有其他的猜测吗?——两天前的夜晚我听见的那种嘈杂声,不是归来而是离去,这就是原因!我的心里猛然一颤,(是恐慌?还是庆幸?)可是我肯定又错了:我仔细俯视广场,看见两个男孩在桑树下面玩弹子,还有刚才小客栈里看到的,都表明生活仍照常进行。

在西南面的塔楼上,坐在高凳子上的卫兵百无聊赖地打量着远处的沙漠。我走到离他一步远时他才发现我,不由惊跳起来。

"下去,"他用呆板的声音喝道,"你不能爬到这上面来。"我以前没见过他。我意识到自离开囚室以后我就再没见过要塞原来的士兵了。为什么只有新兵在这儿?

"你难道不认识我吗?"我问。

"下去。"

"我会下去的,但我得先问你一个非常重要的问题。你瞧,这儿没别人,除了你——所有的人好像都在睡觉或是出去了。我想问问:你是谁? 我以前认识的人都到哪儿去了? 田野里发生过什么事儿了? 好像被洗劫过一样,为什么会有洗劫?"我喋喋而言,他两眼眯起来了,"我很抱歉问你这么傻的问题,但我这些天发烧生病,一直躺在床上,"——一套不合逻辑的说辞就这么脱口而出——"今儿是我能起床的第一天。这就是为什么要……"

"你得留意别让中午的日头给晒坏了,老爹,"他说,他耳朵支棱在一顶对他来说过于肥大的帽子底下,"这种天气你最好别出门。"

"是啊……我要点水喝你不介意吧?"他递过一只长颈瓶,我喝着瓶里温乎乎的水,提醒自己别暴露出过于饥渴的猴急相,"告诉我发生过什么事好吗?"

"野蛮人。他们破坏了那边的堤坝,把田地给淹了。根本没照面。他们是晚上来的。第二天,这里就像多了一片湖。"他装满烟斗,向我递过来,我客气地拒绝了("我会咳嗽的,不能抽烟"),"农民可惨了,他们说庄稼全毁了,再种下一茬也来不及了。"

"太糟了。看来今年冬天日子不好过,我们都得勒紧裤带了。"

"是啊,我可一点也不羡慕你们这儿的人。野蛮人还会卷土重来,对不对?他们说不定什么时候就会把这儿的田地再淹上一回。"

我们谈论着野蛮人和他们的背信弃义。他们从来不跟你明来明去,他说:他们的伎俩是潜随在你身后,猛一下用刀捅进你的背脊。"他们干吗不让我们安安稳稳地过日子?他们有自己的地盘,不是吗?"我把谈话转到了这里从前的生活,那时边境地区太太平平什么事也没有。他叫我"老爹",那是他对我朴实的尊称,他听我说话像是碰上了一个呆头呆脑的乡下老头,但我猜在他看来,什么都比成天瞪着一片空白好。

"请告诉我,"我说,"两天前的晚上我听到有骑马的声音,我想是不是大部队回来了。"

"不,"他大笑起来,"那只是几个被送回来的人。他们被一辆大车送回来。那肯定就是你听到的动静了。他们喝了什么水就闹病了——那水很糟糕,我听说,所以这就把他们送回来了。"

"我明白了!原来还不知道是怎么回事呢。但你说大部队什么时候会回来呢?"

"很快,过不了多久。那地方倒霉的水果,你总不能靠它过日子吧?我还从没见过这般一点没生气的村镇。"

我爬下塔楼。这场谈话使我对野蛮人产生了近乎敬畏之感。奇怪的是没有人警告他要留意一个衣衫褴褛的胖老头!要不就是他昨晚匆匆上岗没来得及对他交代?谁能料想我居然如此镇定自若地撒了谎!下午了。我身后的影子像是拖着一摊墨渍。我可能是这四堵围墙中的院子里唯一还在活动着的生物。我真是太兴奋了,兴奋得要唱出来。这会儿连背上的痛似乎也不算什么麻烦了。

我推开边上的小门走出去。我的朋友在上面朝我望下来。我向他挥手,他也向我挥手。"你得戴上帽子!"我拍拍自己的光脑门,耸耸肩,笑笑。太阳直射下来。

春小麦真的是完了。温暖的赭色泥土在我脚趾间叽咕作响。积水的泥洼随处可见。许多幼苗给冲出了地面。叶子焦黄。愈靠近湖的地方情况愈糟。没有一样东西还直立在那儿,农民已把枯烂的作物堆起来准备烧掉。田野远处还有少许几英寸高的禾苗非常显眼地生长着,别是一番景象。也许这些孑遗之物还有救。

绵延两英里的土圩是抵御夏季湖水泛滥的一道防线,总算经过修复堵上了决口,但田间那些纵横交错的沟渠组成的灌溉系统几乎都被冲垮了。南面靠近湖边的堤岸和水车幸好没遭破坏,但通常所见的马匹牵拽水轮的作业景象也已荡然无存。我知道接下来农民得有几个星期的辛苦活儿。可是他们的劳作随时都有可能让几个扛着铁锹的人给毁掉!我们怎么能赢得胜利?军事教科书上那些套路有什么用?围剿和袭击敌人的心脏的同时,我们却在自己家门口让人捅上一刀。

我顺着西墙后面那条老路走去,走下去就无路可走了,眼前就是沙土覆盖的废墟。我不知道孩子们是否还被允许到这里来玩,他们的父母是不是用野蛮人潜伏在那儿洞穴里的故事把他们关在家里了？我朝上瞥一眼塔楼上的朋友,他不在,大概睡觉去了。

我们去年的挖掘作业这会儿全被流沙埋葬了,只有几根角柱还立在那儿,能让人想到这里也曾一度有人居住。我给自己清理出一个洞穴坐下来歇口气。几乎不可能有谁会找到这里来。我靠着那根古老的雕刻着花纹的柱子,那上面镂出弯弯的鱼纹和波纹,我完全可以一直这样,在风吹日晒下褪色变了模样,最后又裹着冰霜封冻在地底下,直到许多许多年以后的和平岁月,镇上的孩子们在他们嬉戏的乐土上发现了被风发掘出来的这副骨架,上面裹着沙漠居民古老而难以辨认的衣服碎片。

我被冻醒了。巨大的落日通红通红地卧在西边地平线上。风大起来了,飞扬的沙子已经在我身边堆积起来。我所有的意识只有一个"渴"字。我如同儿戏般的计划就是在这里和幽魂野鬼一起度过一个晚上,等待着熟悉的城墙和树梢从黑夜转向黎明时一点一点显现出来,可是冻得瑟瑟发抖,我真受不了。除了饥饿,城墙外面什么也没有。从一个洞到另一个洞,像老鼠似的仓促逃命,这样下去我甚至没有资格做一个无辜者了。我为什么要帮敌人完成任务呢？如果他们要给我放血,至少也要让他们内心有愧。先前那种阴沉恐惧已经没那么可怕了。如果我能找回自己的勇气的话,也许这次出逃并不是一场徒劳无益的折腾,虽说多少要打些折扣。

*   *

我哗啦啦地摇晃着军营大院的门。"难道你没看出是谁在这里吗？我刚去外面逛了一趟,现在让我进去!"

有个家伙一阵风地跑了过来:昏暗的光线下,我和他透过栅条对视着:这就是那个看守我的卫兵。"安静点!"他从牙齿缝里迸出声说,拉开门闩。他身后一阵喊喊嚓嚓的声音,一些人向这边聚拢来。

他掐着我的手腕把我拖过院子。"这是谁?"有人惊呼。我差点要回答这问话,想要掏出钥匙挥舞一番,忽然又想这行为可能有点鲁莽。于是我等在囚室门口,守卫开门把我推进去,跟进来,随即关上门。黑暗中他的声音透着一副忐忑不安的怒气:"听着,你要是跟任何人说起这回的事儿我就会叫你吃不了兜着走!明白吗？我会叫你付出代价的!你什么也不准说!要是有人问起昨晚的事儿,就说我让你出去走走,去锻炼身体,不准多嘴。明白吗?"

我掰开他的手指抽出身子。"你得明白我可以轻而易举地跑出去到野蛮人那里找到庇护,"我悄悄地说,"你知道我为什么回来吗？就因为可怜你是个普通士兵,你不过执行命令罢了。好好想想吧。"他又抓住我的手腕,我又一次挣开,"好好想想我为什么要回来,如果我不回来你会有什么结果。你可没法得到那些蓝制服的同情和谅解,我肯定你明白这一点。想想我要是再跑掉你会怎么样。"现在轮到我抓住他的手了,"可你先别烦恼,我不会说出去的:去随便编一个你喜欢的故事吧,我都会附和你说的。我知道你怕什么。"一时僵在那儿,沉默着。"你明白我最需要的是什么吗?"我说,"我要吃的喝的。我真是饿了,一整天都没吃东西。"

于是一切照旧。荒谬透顶的监禁一如既往。我仰面躺卧看着头上的一方光线日复一日慢慢变得炽烈又变得黯淡。聆听远处瓦匠刮铲的声音,木匠捶打的声音传过墙来。我吃、喝,并和其他人一样——等待。

* *

先是从远处传来火枪的声音,轻微得像是儿童玩具手枪。然后声音近了一些,响起排枪的声音,是从堞墙那儿射出的。一阵噔噔噔的脚步声穿过军营大院。"野蛮人!"有人叫喊起来,但我觉得他肯定弄错了。嘈杂声中警铃大作。

我跪在那儿把耳朵贴在门缝上想听清楚发生了什么事。

广场上的嘈杂声从喧哗变成一片叫嚣,分不出一个单独的声调。这会儿肯定是倾城而出欢迎那数千个欣喜归来的士兵。连射火枪还在噼啪作响。接着喧嚣的音调变成兴奋的欢呼。间或有模糊的军号声冒出来。

我实在忍不住了。我还有什么好怕的?我打开了门。明晃晃的亮光里我不得不眯起眼睛用手遮在额头上。我穿过院子走出大门,走进后排的人群里。欢呼的嚣浪和排枪射击还在持续。我身边一个穿黑衣服的老妇人拽过我的胳膊撑起身子踮着脚朝前张望。"你能看见吗?"她问。"是的,我能看见骑在马上的人。"我跟她说,但她没在听。

我可以看见长长的马队逶迤而来。他们举着旗帜穿过城门来到广场中央,他们在那里下了马。广场上扬起大团的尘土,但我看见他们在微笑,在大笑:其中一个人挥臂做了个胜利的手势,另一个舞动着一大把鲜花。他们慢慢向前推进,人群簇拥着他们,伸手去触摸他们,向他们抛掷花束,欣喜地拍着他们的脑袋,一边自己又陶醉地转着圈儿。孩子们从我面前溜过去,一猫腰钻入人们胯下,又在靠近今日主角们的地方冒出来。堞墙那儿枪弹连发齐射,响一阵就伴随着人群的一阵欢呼。

又过来一队骑马的军士。前面领骑的是一个神情肃然的年轻下士,他高擎着金绿相间的营旗,穿过拥挤的人群向广场远端行进,然后又绕场一周,欢呼声一触到他们身上就冷静下来了。一声呼喊一传十十传百:"野蛮人!"

掌旗兵后面跟着一个护卫,挥舞着粗重的棍子给队伍开路。他身后是一个牵着绳索的骑兵:绳子系着一个个被拴着脖子的人——足有一队人,一队野蛮人,裸着脏臭的身子,一个个都用手捂着腮帮子,这副怪样子好像他们都犯了牙疼。我对这姿势颇感疑惑,也疑惑他们小心翼翼列队前进的样子,望过去,铁丝的一道闪亮使我一下明白过来。一根环形铁丝从各人手掌穿过,又穿透他们脸颊上打出的小孔。"这样他们就像羔羊一样顺从。"我想起一个曾见过这种把戏的士兵跟我说的话,"叫他们什么念头也没有只能乖乖的。"我心里泛起一阵恶心。我本不应该离开囚室跑到这儿来。

有两个人过来了,我急忙背过身以避免和压在队伍后面的这两个骑马的军官打照面:没戴军帽的就是那个初尝胜果的年轻军官,数月的征战使他比以前显得消瘦也变黑了点;与他并辔而行的,正是警官乔尔上校。

人们站成一个圈子,每个人都能瞅见那十二个倒霉的俘虏,指着他们对孩子们说这真的就是野蛮人。不一会儿我觉出自己被涌动的人群裹挟着朝大门那儿挤去。那里把守的士兵围成一个半月形不让人群靠近,围观的人前后相挤,几乎不能挪步。

"怎么回事?"我问旁边的人。

"我不知道,"他说,"请帮我举他一把好吗?"我帮他把抱在手上的孩子举到他肩上。"能看见吗?"他问孩子。

"看见了。"

"他们在干吗?"

"他们让野蛮人跪下。他们要把野蛮人怎么着?"

"我也不知道,等着看吧。"

我使出吃奶的劲儿,慢慢转身挤出人群。"对不起……对不起……"我说,"太热了——我受不了。"这下惹得许多人转过头来用手对着我指指戳戳。

我本来应该回到自己的囚室去。我这么溜出来本无大碍,甚至别人都没注意到。如果只是为自己着想,我就应该回到那个冰冷阴暗的囚室里去,把自己关进门里,把钥匙弄弯,闭耳不听爱国者们热血沸腾的鼓噪,闭嘴不说一句与己无关的话。谁知道呢,也许我对自己同胞的看法有点不公正,也许这一刻,正好有一个鞋匠在自己家里给鞋掌上了最后一颗鞋钉,哼着小曲沉浸在大功告成的快活中;也许有些家庭主妇正在厨房里剥豆子,一边讲着故事好让小孩安静下来;也许有些农夫正神情悠然地在田里修葺沟渠——如果我确实有这些一般状态下的乡亲们,只是我不知道他们,那真是太遗憾了!我这会儿从人群里脱身出来,最最要紧的是既不与行将发生的残暴行为沆瀣一气,又不至于被自己软弱无力的抵拒所拖累。我救不了那些囚犯,干脆,自己救自己吧。如果什么人在遥远的将来对我们的生活有兴趣作一番探究,如果他们会做出某种评论,至少让他们评论,在帝国前哨基地遥远的角落里,有一个打心里并非是野蛮人。

我穿过军营大院走进自己囚室的那个院子,院子中间有个水槽,我找了一只空水桶盛满水。倾斜的桶里水不时晃出,我把水桶拎在胸前,走到人群后面。"对不起。"我说,一边朝里边挤去。人们一边骂骂咧咧一边给我让路,我一路往人堆里扒进去,桶里的水一路泼溅出来,突然间已钻到人群前排,瞅见了士兵们的脊背,他们手里捏着警棍围成一圈挡着围观的人群。

四个囚犯跪在地上,另外八个仍被绳子拴在一起,蹲在墙角的阴影里,他们的手还是捂在脸上。

四个囚犯弯腰一字儿排开,跪在一根沉甸甸的长长的木杠上,吊挂的绳子从头一个人嘴边的铁环穿过,绕过杠子穿到第二个人的铁环,在杠子上再绕一下,穿过第三个人的环,再绕一圈,穿到第四个人的环上。我看着一个士兵慢慢地把那根细绳抽紧了,那些跪着的囚犯脊背压得很低,几乎要吻到那杠子了。一个囚犯痛得扭动身子呻吟起来。其他几个一声不吭,他们的意识全部集中在那根细绳的任何一点细微的牵动上,祈告着别让它撕裂自己的血肉之躯。

用微小的手势指挥士兵的是上校乔尔。虽说我身处几千人之中,虽说他还是像以前那样用玻璃片遮着自己的眼睛,但我注视他的目光如此放肆,脸上质疑的神情如此不加掩饰,我相信在我看他的那一瞬他也看见了我。

身后,我非常清晰地听到一个声音:"行政长官。"是我的想象,还是身边的人正慢慢远离我?

上校走上前去。弯下身子审视每一个囚犯,抓起一把沙土搓向囚犯的背,用炭条在他们的背上写字。我从上往下念着那几个字:"敌人……敌人……敌人……敌人"写完又退回原处,抱起胳膊。他和我互相对视着,只隔着二十步距离。

笞刑开始了。士兵们抡起粗大的绿色警棍把囚犯的背脊和半边臀部打得噼啪作响,一条条红色的血痕立刻拱凸起来。囚犯们被打得渐渐趴倒在地不动弹了,只有那个起先就不停呻吟的人,现在大口喘着气。

黑色的炭条褐色的尘土,混合着血和汗水往下流淌。我瞧着这场把戏,知道他们直到把背上这些污渍洗掉才会停下。

我看到一个站在人群前排的小姑娘,紧紧牵着母亲的衣角。她的眼睛圆睁着,大拇指含在嘴里一声不吭,看着那些全身赤裸的人挨打又害怕又好奇。看着周围那些面孔,有的甚至还在微笑,他们都和小姑娘一样的表情:没有仇恨,也没有杀戮欲望,只有好奇至极的神情,像是全身只有眼睛还活动着,在那里享受着新奇难得的视觉大餐。

士兵们打累了。一个家伙站在那里手摁着臀部吁吁直喘,一边微笑着,对人群做着手势。上校发话了:那四个打累了停一下,把手里的警棍交给观众。

一个女孩被她的朋友推上前来,咯咯地笑着,捂着自己的脸。"去嘛,别害怕!"他们鼓动她。一个士兵把警棍递到她手里领她上前。她站在那儿直发愣,一只手还掩在脸上。叫嚷声、玩笑声、下流的教唆向她扑来。她举起了警棍,猛地一下砸在囚犯臀部,扔下警棍跑回欢呼的人群中去。

人们开始竞相争夺警棍,士兵们几乎难以维持秩序,人们一拥而上或是自己上去动手或是等着警棍传过来,我看不见地上的囚犯,站在那里忘了脚下的水桶。

轮流行刑告停,士兵们重新拾起警棍,人们纷然退后,又围成最初那个圈子,却比先前缩紧了许多。

乔尔上校向众人举起一把锤子,一把普通的四磅重大锤,就是搭帐篷时用来夯桩的那种。他的目光又一次和我遇上。嘈杂声平息下来。

"不!"我听到一声大喝从我喉咙里吼了出来,有点发涩,不太响。又是一声:"不!"这一次从我胸膛发出,声若洪钟。挡住我的士兵退到两边,空出了路。我站在人群围起的圈子里举起双手喊道:"不!不!不!"

我转身对着乔尔上校时彼此只有五步远的距离,他两条胳膊交叠在胸前。我用手指着他:"你!"我喊道。要把一切都喊出来,让他成为人们怒不可遏的对象。"你正在剥夺这些人的权利!"

他没有退缩,也没回答。

"你!"我手指着他像是挥动着一杆枪。我的声音响彻广场,四下一片静默,不过也许是我太激动什么都听不见了。

什么东西从背后向我击来。我趴倒在尘土中喘着气,背上的陈伤又灼烈地痛起来。一记警棍砰地砸在我背上,我伸出手去挡开棍子时,手上挨了死命的一击。

我竭力想站起来,不管有多痛得直不起身。我直起身想看看是谁给了我这一击,只见一个粗矮壮实的佩戴军士徽章的家伙,先前在打野蛮人的,此刻他弓腰下蹲,鼻翼翕动,然后站起身擎起警棍又要打来。"慢着!"我伸出麻木的手,"你打断我的手了!"说着我小臂上又挨了一下。我掖起手臂低下脑袋,一边抓索着试图抓住他的手。警棍一下一下落到我的脑袋上肩膀上。不要紧:只不过我已开了这个头就得要结束要说的话。我抓住这家伙的紧身外套把他拽向自己怀里。他奋力挣扎却使不上警棍。我从他肩上探出脑袋又大声叫喊起来。

"不要这样!"我喊道。那把锤子抱在上校的怀里。"你们别拿锤子干,对付野兽也不至于要用锤子砸吧!"我一把推开军士,这会儿我已完全陷入狂怒的波涛。顿时感到自己有了神的力量,虽说这一分钟以后就会烟消云散:让我借此力量好好完成这使命吧!"看啊!"我喊道。我指着四个驯服地躺在地上的囚犯,他们嘴巴还贴着木杠,托着腮帮的手像是猴子的爪子,完全不知道锤子的存在,对接下来还将发生什么事他们亦无从知晓,只庆幸于自己背上的标记已被洗掉,希望磨难快快结束。我伸出斫伤的手指向天空:"看啊!"我喊道,"我们是造物主伟大的奇迹!但在这样的折磨下,人类的身心无法再复原了!多么——!"我一时语塞。"看看这些人!"我又喊,"人!"人群中能看得见的,伸长脖子看着那些囚犯,他们渗血的笞痕上已经落了一堆苍蝇。

警棍挟着风声袭来,我转身迎上。这下正好打在脸上。"我的眼被打瞎了!"这么想着,眼前一阵发黑,我咽下一口血,一片暖融融的玫瑰色在眼前洇开,接着就是锥心的疼痛。我用手捂住脸,踉跄地打着旋儿,强忍着不出声,竭力不让自己倒下。

接下去我要说些什么已记不得了。造物的奇迹——我整理着自己的思路,而现在这思想已像一阵烟似的离我而去。我想到,我们平时把昆虫在脚下践踏,而它们也是造物的奇迹啊,就像甲虫、蠕虫、蟑螂和蚊子一样。

我把手指从眼前拿开,灰蒙蒙的世界重新呈现在流淌的泪水中。此刻我深怀谢悃,因为我已不感到痛了。当两个人一边一个挟着我的胳膊拖着我穿过叽叽喳喳的人群走向囚室时,我甚至微笑起来。

这微笑、这欣悦,给他们留下的是挥之不去的恼怒。我知道他们以这般草率的手法对付我是适得其反。因为我不是演说家,不擅雄辩,如果他们让我说下去我都不知道怎么说:把一个人脚打瘸要比决斗中杀死一个人更糟糕?当一个姑娘被怂恿去鞭笞一个人是否也是对每个人的羞辱？这种暴行对纯洁的心灵不是一种污染吗？他们不让我说出口的话其实没有什么大不了的,用语言去唤醒暴民几乎是不可能的。说到底,我除了想劝诫人们用文明的举止去对待被俘的敌人还能做什么？除了反对用那种"新思维"去戕害那些跪着的人(迷惘和耻辱已在他们自己的眼中)还能反对什么？我敢在大庭广众之下为那些袒身裸背的野蛮人呼唤正义吗？正义:这个词一旦脱口而出那么其终结将在何端？大声喊出"不"更容易些;引颈受戮和做烈士更容易些;设法劝阻暴行比为野蛮人捍卫正义更容易些。毕竟,关于正义的讨论最终会得出什么结果呢——我们应该放下武器,向那些被我们掠夺了土地的人们打开城门吗？这个遭受暴殴遭受监禁的老行政治安官——法律规则的捍卫者——以自己的方式跟国家作对的人,并非没有痛苦的困惑。

我的鼻梁打断了,脸颊上皮开肉绽,也许颧骨也碎了。左眼肿得睁不开。

麻痹缓解了,疼痛却又成了一两分钟来一次的要命的痉挛,弄得我没法躺下来,最疼的时候我手捧着脸颊在房间里拖着脚步走,像一条狗似的哀号着。两次痉挛的间歇中,我做着深呼吸,竭力控制着自己不要发出太丢脸的号叫。我好像听到广场上暴民们潮起潮落的喧嚣,但没法肯定那喧嚣的声浪是不是血液在撞击我的耳膜。

他们照常给我送来了晚饭,但我吃不下。我简直一刻都不能安宁,我必须不停地来回走动才能控制住自己不尖叫不撕自己的衣服和抓挠自己的皮肉,或是其他人在忍耐力达到极限时做出来的事。我流下了眼泪,皮肉绽裂之处就像被撕扯被噬咬般地痛。我一遍遍地哼着关于骑手和刺柏的老歌,竭力回忆着那些甚至一点意义也没有的词句。一、二、三、四……我数数。我告诉自己如果坚持过这个晚上就是一个了不起的胜利。

挨到第二天清早,我被折磨得头晕目眩、脚步趔趄,终于忍不住像孩子似的抽泣起来,我坐在墙边哭泣着,眼泪直淌下来。被一阵阵有规律的抽痛牵动着,我哭了又哭。在这种状态下,突如其来的睡眠猝然击中了我,竟歪倒在墙角迷糊过去了,我惊讶地醒来,发现自己身处一方惨淡的日光中,完全不觉时间的流逝。虽说还有一阵阵抽搐的痛感,但总算能受得住了,说真的,已经不是那么强烈了。也许很快我就会习惯这种阵痛。

我静静地靠墙躺着,把疼痛的手掌拳在腋下,又沉入了睡眠,融入一片迷乱朦胧的影像中,我走进这里一门心思地要寻找什么,拨开眼前乱叶飘飞浮云翻动的景象,原来是那个姑娘。她背朝我跪着,面对那座她用雪或是用沙筑起的城堡。她身着深蓝色长袍。我走过去,看见她正在城堡里掏弄着什么。

她意识到我过来便转过身。我弄错了,原来那不是城堡而是她用泥土搭起的一个灶头。青烟从炉灶后边袅袅升起。她伸手给我一样什么东西,一块说不上什么形状的玩意儿,看上去朦朦胧胧的,我晃晃脑袋,还是没看清。

她戴着一顶绣着金线的圆帽。头发编成辫子沉甸甸地拖在肩上:辫子里织入了金线。"你为什么穿上最好的衣服?"我想说,"我从来没有见你这么漂亮。"她朝我微笑:多美的牙齿,多么清澈明亮的黑眼睛!现在我看清楚了,她给我的东西是一块面包,还热乎着,带着焦脆的香气。一阵感激的热浪涌过我全身。"像你这样一个孩子在沙漠里怎么学会把面包烤得这么好?"我想说这句话。我张开手臂抱住她,倏然从梦中惊醒,脸颊流下的眼泪滴在伤口上,很痛。我很快再次入睡,却再也无法走进梦中尝到那块惹我直流口水的面包。

* *

乔尔上校坐在我办公室的桌子后面。桌面上没有卷宗和文件,房间里清寂落寞,唯有那瓶鲜花点缀其间。

那个年轻英俊的警官(我还不知道他的名字)把一只柏木箱子拎到桌上后,回到上校后面。

上校拿出几张纸低头看一眼说:"在你寓所里发现的物品中有这只木箱。我想要你来看一下,因为里面的东西有点不同寻常,有将近三百片白色的杨木简,每片八英寸乘两英寸,许多木简上密密匝匝地缠着线。木质都疏松发脆,但缠着的线有些还是新的,有些差不多都要风化了。解开缠绕的线头,会发现木简原来那是两片合在一起的,两面都刻着些稀奇古怪的字符。我想你会同意我以下的说法——"

我瞪着他的黑色眼镜,他继续说道:"一个合理的推论是这些木简都是传递信息的工具,天晓得你从什么时候起拿这玩意儿和某个组织之间互递情报。现在该你解释一下这些字符是什么意思,那是个什么组织。"

他从箱子里取出一片木简,通过光滑的桌面把它用手弹向我。

端视着那些年代久远的陌生人刻下的字符,我甚至想不出该从左往右念还是从右往左念。我曾在长夜里对着这些藏品冥思苦想,算起来我分出了四百多种不同的字符,也许是四百五十种。可是我根本不知道它们代表的是什么意思。是不是每一个字符代表一个事物,一个圈代表太阳,一个三角形代表女人,一个波纹代表湖;还是圈只是"圈"的意思,三角形就是"三角形",波纹就是"波纹"?要不每个字符代表的是不同发声部位,如唇齿、喉部、胸腔之类,它们协调起来就能发出不同的声音,是一种难以想象的业已消亡的野蛮人语言?也许我那四百个字符别无他意,只是二十到三十个基本字母的花饰写法,而以我之愚笨居然看不出来?

"他向女儿表示问候。"我惊讶地听见一个鼻音浓重的话音从自己嘴里发出。我从右至左点着这些字符,"他说他很久没见到女儿了。他希望她过得快活万事如意。他希望产羔季节能平安无事。他说有礼物等见面时给女儿。送上他的爱。签名可不大容易辨认,可能是'你的父亲'或者是其他什么,大概是名字吧。"

我伸手从箱子里又拿出一片木简。那年轻警官始终坐在上校后面,膝盖上搁一个小本子,他严厉地看着我,铅笔停住不动了。

"这片上面写着,"我念道,"'我很抱歉向你传达这个坏消息,士兵们把你的兄弟带走了。我每天到要塞去恳求让他回来。我光着头坐在尘土里。昨天他们第一次派人来告诉我,说你兄弟已经不在那里了,被送走了。"去哪里了?"我问,但他没说。别告诉你的母亲,和我一起祈祷他的平安吧。'

"让我们再来看下面的。"铅笔停着没动,他什么也没记,"'我们昨天把你兄弟带回来了。他们让我们进了一间屋子,看见他躺在一张桌子上被缝进一条被单里了。'"乔尔慢慢地把身子朝后仰到椅背上,年轻警官把笔记本合上,想要站起来,乔尔做了个制止他的手势,"'他们要我就这样把你兄弟带回来,但我一定要先看一下。"你们给我的身体错了怎么办?"——我说,"你们这里有那么多具身体,那么多年轻人的尸体。"我打开被单,看到那真的就是他。我看见每只眼睑上都有缝过的针脚。"你们为什么这样干?"我说。"那是我们的习俗。"他说。我一把撕开被单,看见他全身上下都是一块一块的淤青和伤痕,双脚浮肿破溃。"他出了什么事?"我问。"我不知道。"那人说,"没有记录在案,如果你有问题,可以去问中士,但他现在很忙。"我们只好把你兄弟就地埋藏,就埋在他们堡垒的外面,因为尸身已经开始发臭。告诉你母亲并安慰她。'

"现在让我们来看看下面一片怎么说。看,这只有一个字符,是野蛮人的字符:战争。这字符也有另外的含义,就是:复仇。如果你把它倒过来看,也可以读作:正义。内中的深意无从知晓。这是野蛮人智慧的一部分。

"其余的木片也是一回事。"我把那只不带伤的手伸进箱子里搅了一下,"它们组成了一个寓言,这些东西可以用许多种方式来读。并且每一片木简都可以用许多方式来读。合在一起可以看作是一部家庭日志,也可以看作是一份战争计划;横过来可以读作帝国最后时日的一段历史——我说的是旧的帝国。专家学者在研究古代野蛮人遗迹时众说纷纭。像这样的寓言式的文字被埋在沙漠的四面八方,到处都能找到。我是在离这里三公里不到的一个废弃的公共建筑里发现这个木箱子的。墓地也是放置这类东西的好地方,虽说野蛮人的墓有时不太好找。建议你最好是随处挖掘:也许就在你站立的地方,你连着挖下去没准突然就碰上某种碎片,与死人相关的东西。也可以在空气里寻找:这儿的空气里充满了叹息声和哭喊声——这是不可能消除的:如果你留神听,用点同情心来听,会听到他们在局促的空间里永不消逝的回声。最好是晚上听:有时你没法入睡,那是因为死人的哭泣钻进你的耳朵,这些哭泣也像他们书写的字符一样,可以作不同解读。

"谢谢,我已翻译完毕。"

整个说话过程我一直眼睛不眨地看着乔尔上校。他没有再次被激怒,只是有那么一会儿,当我提到帝国,他的下级想要站起来揍我,他一只手扯住了那一位的袖子。

如果他走过来,我会用全身力气给他一下。我即便要化为尘土也得给他们留下点印记。

乔尔开口了:"你不知道你的行为有多令人厌恶。你是唯一没有跟我们完全配合的边境官员。坦白说,我对你这些小木简一点兴趣都没有。"他一扬手,木片撒了一桌子,"它们很可能只是赌博的木简。我知道边境上有些部落是用木片赌博的。

"我要求你冷静地考虑一下:你在这儿会有一个怎样的前途?你不会再担任原来的职务了。你给自己带来了彻头彻尾的耻辱。就算你不会被起诉——"

"我等着你们起诉!"我大声喊道,"什么时候起诉?什么时候把我带到审判庭?我什么时候有机会为自己辩护?"我狂怒起来。在广场人群前那种痛苦的失语已不再折磨我。如果此刻我能够在一个公正的法庭上跟这帮人当庭对抗,我会使出羞辱他们的犀利词锋。在一种身心健全的正常状态下,许多火辣辣的语言会在我胸膛里激荡而生。可是他们不会在你神志健全身体无恙的时候把你带上法庭。他们要把我投入黑暗的禁闭,直到我变成一个满嘴胡言乱语、人不像人鬼不像鬼的白痴,然后把我拖到一个与外界隔绝的法庭里搞一个他们自己都觉得无聊的五分钟诉讼程序。

"处于非常时期,"上校说,"司法审判权已从民法机构移交第三局。"他叹了口气,"行政官,你好像不相信我们敢对你开庭审判,你以为自己在本地威望颇高。你恐怕还不知道自己的渎职行为有多严重;你不明白自己抛弃朋友,跟下贱货鬼混的后果有多糟糕,我找来谈过话的人,没有不为你的行为感到羞耻的。"

"我的私生活不关别人的事!"

"但我要告诉你,我们解除你职务的决定受到本地大多数居民的欢迎。至于我个人,我没什么事儿要跟你过不去。在几天前返回这里时我就想过了,我想从你身上得到的回答,只是对一个简单问题的清楚说明,完事以后你可以回到你的小妾们那里做一个自由人。"

这突然使我想到对他们的羞辱也许是没有必要的,出于种种原因这两个人没准还希望看到我大发脾气、暴跳如雷。我身上每道筋肉都绷得紧紧的,提醒自己保持沉默。

"你好像还有一个新的雄心和抱负,"他继续说,"你好像想给自己建立这样的名号:'一个义人',这'一个义人'打算为原则而牺牲自己的自由。

"我来问你:那天在广场上你那种荒唐的表现,知不知道镇上的人是怎么看你的?相信我,在他们眼里,你不是什么'一个义人',你只是一个小丑,一个疯子。你又脏又臭,一英里外就闻得到。就像一个要饭的老头,一堆垃圾。他们不要你回来担负任何职务,你在这里没有任何出路。

"我猜想你是想走进历史成为一个烈士,但谁会把你写进史书里去呢?这些边境的冲突不是什么重大事件,事情很快就会过去,边境又会有二十年的太平。人们对历史背后的事情不会有任何兴趣。"

"在你们到来之前边境没有冲突。"我说。

"这是胡说,"他说,"你对事实视而不见。你生活在一个过去的时代。你认为我们对付的是几个温顺的规模不大的游牧部落。事实上我们面对的是组织严密的敌对势力。如果你跟远征部队出去看一趟,你就会明白。"

"你带回来的那些俘虏——他们就是令人生畏的敌人吗?你想说的就是这个?你才是敌人,上校!"我再也控制不住了,用拳头捶着桌子,"你是敌人,你挑起了战争,你给第三局找到了他们所需要的替罪羊——这事情不是从现在才开始的,是一年前你把第一批蓬头垢面的野蛮人带到这里时就开始了。历史将证明我说得没错!"

"胡说。这些事儿太琐碎了,根本构不成历史。"他看上去仍不动声色,可我知道我已经动摇了他。

"你这个只会折磨人的下三烂的东西,只配给吊死!"

"好一个法官,你这'一个义人'。"他咕哝道。

我们四目相视。

"好吧,"他整理着面前的纸文,"有关近期你和野蛮人之间的往来,以及对他们未经许可的访问,我要你对这每一件事作一个陈述。"

"我拒绝。"

"很好,谈话到此结束。"他转向那位下属,"他归你管了。"他起身走了出去。我面前剩下那个准尉。

*　　*

我面颊上的伤从来没洗过也没包扎过,肿得火辣辣地痛,脸上开裂的皮肤像鼓起了一条条胖胖的毛虫。左眼仅仅是一道裂口,鼻子肿胀得不成样子,还带着抽搐的阵痛,我只能用嘴巴来呼吸。

我躺在臭烘烘的呕吐物中渴念着水。已经两天没喝水了。

在痛苦中我毫无尊严可言。我明白这痛苦远不仅仅是痛,还要我屈服于人体最基本的需求:要喝水,要撒尿,躺下去时还需找个能够减轻痛感的卧姿。当迈德尔准尉和他的手下第一次把我带回到这里,点上灯关上门时,我还拿不准一个胖胖的一向养尊处优的老家伙为了自己向帝国提出的古怪建议还能够忍受多少痛楚。但我的行刑者对疼痛的程度并不在意,他们要向我证明的是活着的身体意味着什么,一个活着的身体,只有当它完好无损时才有可能产生正义的思维,当这身体的脑袋被掐住,喉咙里被插进管子灌入一品脱盐水弄得咳嗽不止,呕不出东西,又连遭鞭笞时,它很快就会忘记一切思维而变得一片空白。关于我对野蛮人说了什么话或是野蛮人说过什么话,他们并没有来逼问。所以我没有机会把自己早已准备好的激烈言辞朝他们脸上扔去。他们只是到囚室里向我表明为人的意义,在那一个小时里他们表现得够多了。

*　　　*

也不是在比谁能撑到最后。我曾这么想:"他们坐在另一个房间里议论着我。他们说,'他做硬汉还能做多久呢?一小时后再去看看吧。'"

然而事情并不是这样。他们并没有费心设计折磨我的程序,琢磨着怎么使我屈服。比如说我两天没吃喝了,而第三天却送来了饭食。"对不起,"送饭的人说,"我们忘了。"

他们也不是恶意地要忘记,折磨我的人过着自己的日子,我才不是他们关注的中心。迈德尔的手下大概正忙着在军需商店里清点货品或是在工地上巡逻,不住抱怨着天气太热;迈德尔呢,我相信他宁愿花时间擦亮自己的皮带扣也不愿来关注我。心血来潮时他会过来给我一点人之为人的教训。我在他们随心所欲的攻击下能抵挡多久?倘若我屈服、哭泣、趴下,然而折磨仍然继续,情况又会怎样?

* *

他们把我叫进院子里。我在他们面前遮掩着裸体,小心护着自己受伤的那只手,一头疲倦的老熊,已经被太多的折磨驯服了。"跑。"迈德尔命令。我在明晃晃的大太阳底下绕着院子跑。一旦松懈下来,他们就会用棍子打我屁股催我快跑。士兵们不睡午觉了,站在阴凉底下看,厨房女仆撑着门框,孩子们透过门上的栅栏,一起盯着我。"我不行了!"我大喘着气,"我的心脏!"我停下来,捧着脑袋,弯下身子。大家都耐心地等着我恢复过来。棍子又戳了过来,我蹒跚举步,没法跑得比常人走路更快。

他们还叫我玩把戏给他们看。他们拉起一条绳子,离地面一膝高的样子,叫我跳过来再跳过去。他们唤来厨子的孙子,把绳子的一头交给他:"拽稳了,我们不想叫他绊一跤。"这孩子用两只手拉住绳子,全神贯注对付这项重大使命,在等着我跳。我逡巡不前。长棍子接连戳到我的臀部。"跳。"迈德尔低声说。我蹦蹦跳跳地跑过去,撞在绳子上,傻站在那里。我身上一股屎臭。他们不准我去洗。苍蝇总是围着我,很有兴趣地叮着我脸上的伤处,我稍一停下就会叮上来。我两手不停挥赶,已经成了习惯,好像牛甩着尾巴。"跟他说下次一定得表现好点。"迈德尔对男孩说。男孩微微笑着把脸转开去。我一屁股坐在尘土里等着下一步的把戏。"你知道怎么跳绳吗?"他问那男孩,"把绳子给这人,叫他跳个给你看。"我就跳了绳。

第一次被带到外边赤条条地站在那些闲汉面前,扭着身体蹦跳供他们取乐,那种羞耻的痛苦实在难忘。但现在我已经不感到羞耻了。每当我膝盖发软,或是心脏像螃蟹似的紧攥住我,而我不得不站稳时,我全部意识就只能对付这些威胁因素了。我还惊讶地发现,每次只要稍稍休息一下,或是伤处涂上药膏稍稍止住疼痛,我又能走动,也能跳,或是连爬带跑地耍弄下去。是不是会有这样一刻,我会干脆躺倒说,"杀了我吧——死了也比这样好"?有时我觉得已经抵达这个极点。但总是没有这样做。

在这些事情里丝毫没有什么崇高可以作为安慰。如果我半夜呜咽着从睡梦中醒来,那是因为在梦里我重复了这些卑琐的堕落。我甚至没法死去,除非像只狗似的死在墙角。

* *

一天,他们打开门,我走出去时没看见原来那两个看守,而是一班人马站在那里。"接着。"迈德尔递给我一件女人的白棉布罩衣,"穿上。"

"为什么?"

"好呀,你要是喜欢光着身子那就光着好了。"

我从头上把那件罩衣套上去,长短只及大腿根。我一眼瞥见两个最年轻的女仆一头钻进厨房里,叽叽咯咯地笑着。

我两手被反绑在身后。"时候到了,行政官。"迈德尔对着我的耳朵轻声说,"尽最大努力像一个人的样子吧。"我肯定在他的呼吸里闻到了酒精气味。

他们推着我走出院子。桑树下,酱紫色的桑葚落了一地,一拨人等在那里。孩子们在树枝上攀来攀去。我这边一伙人走近时,那儿立刻鸦雀无声。

一个士兵拿出一条簇新的大麻绳,把绳子一端抛上树去,树上的孩子接住绳子,在枝杈上绕了几圈再挂下来。

我知道这不过又是一个新把戏罢了,旧的花样玩腻了,再给一个无聊的下午找个解闷的乐子。可是我怕得肠子都打结了。"上校在哪里?"我轻声问。没人理会我。

"你要说什么?"迈德尔问,"想说什么就说吧,我们给你这个机会。"

我凝视着他那双湛蓝的眼睛,蓝得好像眼球外面有一层水晶镜片。他也看着我。我不知道他看出了什么。脑子里想到他就想到一个词:"行刑……行刑者。"但这些词好像很陌生,我越重复默念,就越觉陌生,弄到后来像石块似的压在我的舌尖上。也许这个人,他带来帮助他的人,还有上校,都是行刑者;也许在首都某个财务部门的名单上,他们的职务就是"行政者",但更有可能,他们被称为"安全官员"。但我看着他,却只看见那双湛蓝的眼睛和虽说僵硬但相当英俊的相貌,稍长的牙齿让牙龈显得有点后退。他料理着我的心灵:每天把活生生的肉体叠放起来,将我的心灵暴露在光天。然而说实在的,人的心灵在他职业生涯中留下的影响,还不如人的心脏在手术台上给外科医生留下的影响来得深刻。

"我实在难以理解你对我的看法。"我说。我忍不住嗫嚅地说出这句话,声音有点战战兢兢,我很害怕,汗水不禁淌了下来。"与其给我机会对这些我无话可说的人倾诉,我更想跟你说几句,好让我知道为什么你在这事情上那么起劲;好让我知道你对我这个人——你伤害得这么厉害,这会儿还打算要弄死的人——是怎么想的。"

这番精巧的话拐弯抹角地从自己嘴里冒出来,我一时惊诧不已。我难道发疯了想要找茬?

"你瞧见这只手了?"他说。他举起一只手,离我的脸只有一英寸。"当我还是个半大孩子时,"——他弯了弯手指——"我就能用这只指头,"他伸出食指——"捅穿南瓜壳。"他把那只手指放在我的前额上,用力压下去,我朝后退了几步。

他们甚至给我准备了一顶帽子,一个装盐的袋子,往我脑袋上套下去,在喉咙口用一根细绳扎住。透过袋子的网眼,我看见他们搬来一把梯子架在树杈上。我被带到梯子边,让我脚踩在梯子最下边的横档上,把作为绞索的麻绳拴在我耳朵下面的脖子上。"现在开始爬。"迈德尔发令。

我扭头看见两个模糊的人影拿着绳子的一头。"我的手绑住了没法爬。"我说。我的心脏怦怦直跳。"爬。"他说,一边用胳膊顶住我。绳索抽紧了。"再抽紧点。"他命令。

我往上爬,他也跟着上来,在屁股后面催着。我数着一共爬了十档,一堆树枝挡在那儿,我停了下来。他抓着我胳膊的手掐得更紧了。"你以为我们在跟你玩吗?"透过齿缝他恶狠狠地吐出这句话,我不明白他为什么如此动怒,"你以为我说话不算话?"

捂在袋子里,眼睛被汗水蜇得生疼。"不,"我说,"我不觉得你们是在开玩笑。"只要绳子还拉紧着我就知道他们不过是玩玩。可是一旦绳子松开,让我滑落下去,那就完了。

"那么,你有什么要对我说的?"

"我要说的是,我和野蛮人的战事没有关系。我只是处理一件私事,把那姑娘送回家去。没有其他目的。"

"这就是你要对我说的?"

"我要说没有谁是应该死的,"我套着滑稽可笑的罩衫和布袋,嘴里因胆小怯懦犯着恶心,"我想活,每个人都想活。想要活下去活下去活下去,不管是怎么个活法。"

"那还不够。"他放开我的胳膊。我在第十级梯档上摇晃着,绳子稳住了我。"你明白吗?"他问。他爬下梯子。

没有汗,只有泪。

树叶在我身边沙沙响。一个孩子的声音传来:"你能看见吗,大叔?"

"看不见。"

"嘿,猴子,爬下来!"有人在下面喊。从扯紧的绳索上我可以觉出他们在树枝间的举动。

我久久地站在那儿,小心翼翼地平衡着自己在横档上的站姿,尽可能绷紧绳子,横在脚弓间的木档使我有一种安全感。

这样看着一个人站梯子,那帮看热闹的闲人要多久才能心满意足呢?为了活,也许我得一直在这儿站下去,直到皮肉从骨头上剥落开来,被暴风雪、冰雹和洪水卷走。

但此刻绳子变得更紧了,甚至能听见绳索在树皮上蹭出刺耳的吱吱声,我必须抻着脖子以免被勒死。

看来这不是什么耐心的比拼,如果观众不满意,就得换花样。但这能诱过于观众吗?替罪羊已经有了,节日已经排定,法律已被终止,谁不想看一场好戏呢?在这场由我们的新政权上演的充满下贱、痛苦和死亡的好戏里,除了不体面,我有什么可反对的呢?我又有什么政绩会被人们记住呢——除了二十年前出于体面考虑把屠宰场从集市搬到郊外?我想喊,因大骇而大喊,因胆战而失声尖叫,但绳子抽紧了,被卡住的嗓子什么也喊不出。耳部血管的脉流"嘭嘭"地撞击着耳膜,脚趾已经抵不住横档了。我在空中轻轻摇晃起来,身体撞击着梯子。耳部血液的撞击慢下来,但是更响了,而后这成了我唯一能听到的声音。

我站在那个老人面前,迎着风眯起眼睛,等他开口说话。那支老式的枪还架在马的两耳之间,却没有对着我。我知道四周是广袤无垠的天空和沙漠。

我盯着他的嘴唇,只要他一开口我就必须灵敏地捕捉那每一个音节。过后在自己脑子里复忆,仔细思索,这样我就可以找出那个问题(那一刻像一只小鸟似的从我的记忆中飞走的问题)的答案了。

我可以看见马鬃上的每一根毛发,老人脸上的每一道皱纹,山坡上的每一块石头和每一条沟壑。

那女孩,按野蛮人的式样梳起的黑辫子拖在肩上,骑马跟在老人身后。她低着头,也在等着他开口。

我叹了口气。"遗憾,"心想,"现在已经太迟了。"

我松弛地晃荡着,微风吹动身上的罩衫拂弄着赤裸的身体。我松弛地飘荡起来,穿着女人的衣服。

我的双脚似乎踩在了地上,虽说麻木的双脚已失去了知觉。我尽可能小心地把身子伸展开,完全抻直,像一片轻轻的叶子,吊紧脑袋的绳子感觉松了些,还能透气,我呼吸着。我没事了。

头上的"帽子"掉了,阳光直刺我眼睛,脚下被人拽一下,突然一切都在面前游动起来,我一片空白。

一个声音"飞",在我意识的某处边缘出现。是了,是这样,我刚才正在飞。

我直视着迈德尔的蓝眼睛。他的嘴唇在动,可我什么也听不见。我摇晃起脑袋,发现一旦摇开了就停不下来。

"听我说,"他说,"现在让你试试另一种'飞'法。"

"他听不见。"有人说。"他听得见。"迈德尔说。他解开我颈上的绳套,转而系在缚着我手腕的绳子上。"拉他上去。"

如果我能稳住手臂,能像杂技演员那样把脚拎上来钩住绳套,那就能头朝下悬挂在那里避免受伤——这是他们起吊时我脑子里最后的意识。但我就像个孩子一样无力,手臂反缚在身后被抬起,看着脚尖慢慢离开地面,肩膀瞬即发出一阵可怕的撕裂的剧痛,手臂就像被拧下来了。我喉咙里发出第一道惨烈的号叫,犹如滚滚砾石倾泻而下。两个小男孩从树上跳下来,手拉手跑开了。我一声接一声嘶叫着,不可遏止。这是意识到身体惨遭蹂躏后再也无法修复的悲啕,恐惧而绝望的惨叫。就算全镇的孩子都听见了我也收不住声:我们只有祈祷孩子们不要模仿他们父辈的把戏,否则有一天他们小小的身体也将在树枝间荡来荡去惨遭噩运。有人推我一下,我两脚悬空一前一后地摆动起来,像一只被夹住了翅膀悲鸣不已的大飞蛾。"这是在召唤他的野蛮人朋友。"看热闹的人打趣说,"诸位听到的是野蛮人的语言。"一阵大笑。

第 五 章

野蛮人夜里出来活动。所以现在这里天黑前一定得把最后一只羊赶进栏圈,把门闩上,各瞭望点的哨兵每时每刻都不敢掉以轻心。据说,整夜都有野蛮人出没,他们潜入镇上烧杀劫掳。孩子们在梦中看见百叶窗被扒开,露出野蛮人探头探脑的鬼脸。"野蛮人来了!"孩子哭叫起来,怎么也哄不好。晾在绳子上的衣服被掠走;藏在食品柜里的食物,不管锁得多么严实,都会不翼而飞。大家都说野蛮人在城墙下面挖了一条地道,高兴什么时候来就什么时候来,想拿什么就拿什么,没人能安享太平。农夫们虽说还去田里干活,可是只能成帮结队地一起出动,再也不敢单独出门了。干活也没了心思,他们说野蛮人就等着谷物快收获时再来淹一下呢。

人们都在抱怨军队怎么就对付不了野蛮人。边境的日子开始不好过了。人们商议着想迁回"老家"①去,可是再一想有了野蛮人,如今道上也不太平。店铺里已不再出售茶叶和糖了,店主把那些东西都藏匿起来。有些人家只能

---

① 应指这些人迁徙边境之前的原居地。

关起门来吃点好的,为提防着惹起街坊邻舍眼红。

　　三个星期前一个女孩被强奸了。她和同伴一起在沟渠那边玩耍时出的事,她突然不见了,回来时一身血污缄口不言。几天来她一直躺在床上盯着天花板发呆。不管用什么方法,她都对事情经过缄口不言。熄灯后她开始呜咽起来。同伴都说是野蛮人干的,她们看见那个人钻进芦苇丛里去了,从他相貌之丑陋来看必是野蛮人无疑。于是孩子们都被禁止出门,农夫们下地干活都得提着棍棒和长矛。

　　关于野蛮人的流言愈是传得厉害,我蜷在角落里就愈觉担心,只惦着人家都忘记我才好。

　　远征军再度出发讨伐野蛮人已经颇有时日了,当时他们甲胄凛凛铁骑萧萧,高擎旗帜吹响军号,耀武扬威地出发,要把山谷里的野蛮人一鼓荡平,要给对方一个子孙后代永志不忘的沉痛教训。进剿的部队出动很长时间,一直没传来军事行动的消息,也没有任何公告。曾经他们在广场上的阵形操习和步射演练多么鼓舞人心,转眼已是前尘梦影。有人说数千英里长的边境线已经全面陷入战事,北面和西面两拨野蛮人合力抱团协同作战,相比之下帝国的军力就显得薄弱了,无法在边境全线部署兵力,早晚有天会放弃保卫边境,转而死守腹地。而另一种说法是,我们之所以一点也没听到有关战事的消息是因为我方士兵深入到敌后去了,正忙个不停地重创敌人还来不及发回战况报告。要不了多久,人们以为要失去盼头了,我们的士兵就该班师还朝,虽说载饥载渴却也是凯旋,太平日子即随之而来。

　　以前我从来没见过驻地有那么多醉鬼,这些人喝醉后对本地人的态度更显傲慢。时常发生大兵闯进商店拿了东西不付钱的事情。莫非军人也都成了罪犯？这样一来,店主们的报警器还有什么用？他们向迈德尔投诉,因为乔尔挥师出征后,迈德尔就对这里的一切负责。他答应解决,却不付诸行动。他干吗行动呢？对他来说最要紧的是维护自己的人缘。这样一来,除了堞墙的警戒和一周一次湖边的清剿行动(据说野蛮人潜伏在那里,可谁也没见过),军纪约束早被扔到一边去了。

且说这段日子,我,一个老小丑——自从穿着女人罩衣被吊在树上大喊救命便已丧失了最后一丝威严;由于受伤的双臂都已派不上用处,一个星期来成了只能用嘴在石板上舔吃食物的腌臜货——已经不再被锁在小屋里。我,睡在军营大院的角落,佝偻在又臭又脏的罩衣里,别人拳头挥来我就蜷起身子,活得就像门背后一头奄奄待毙的野兽,我活着好像就是为了作一个见证——每一个对野蛮人有好感的人内心就是一头动物。我活得并不安全,时常能感觉到憎恨的目光瞥过来的分量,我不敢向上看。我明白一定有些人蠢蠢欲动,想要将一颗子弹从楼上某个窗子里射向我的脑门。

也曾有过一群逃难者来到这镇上,是散居在沿河一带或是湖面以北的那些捕鱼人,他们操着没人听得懂的语言,背着全部家当,带着瘦骨嶙峋的狗,身后慢吞吞地跟着佝偻的孩子。他们一出现人们就围了上去:"是不是被野蛮人赶出来的？"一边脸上作出凶恶的表情,拉着想象出来的弓箭。可是没人问起帝国军队在干什么或是他们的人在河边灌木丛放火的事儿。

起初镇上人对这些未开化的生民还寄予同情,给他们送去食物和旧衣服。后来他们把茅草棚搭到了广场一端靠近胡桃树的城墙脚下,他们的小孩渐渐放胆耍闹,也敢溜进厨房去偷东西吃。有个晚上他们的狗溜进人家的羊圈里咬死了十几只母羊。一来二去,惹起了大家的厌憎。士兵们采取了行动,看见他们的狗就开枪,一天早上趁他们还在湖边把他们栖身的窝棚统统拆除了。他们躲进芦苇丛里待了几天。然而,他们的茅草棚还是一个接一个地出现了,这回是搭在城外北边的城墙下面。窝棚就允许他们搭在那里了,但卫兵不准他们跨进城门。看管松懈的时候,他们一清早就会拎着一串串的鱼挨户兜售。这些人对货币没有概念,总是被骗得很惨,他们只要能换点儿朗姆酒随便什么都愿意卖。

他们一个个都很瘦,还有点鸡胸。他们的女人似乎总在怀孕,孩子们则发育不良,有几个年轻姑娘生着水汪汪的眼睛带点儿病态的美,其余的在我看来都是一副无知、狡诈、邋遢的样子。不过,他们又是怎么看我的呢?——如果看见我的话?抑或从门背后朝外张望的一头野兽:这片安然的美丽绿洲里的一处荫翳。

一天,我正打盹,一道阴影穿过院子,一只脚踢醒了我,我朝上看见了迈德尔湛蓝的眼睛。

"我们把你喂得怎么样?"他问,"你是不是又胖了?"

我点点头,坐在他脚边。

"我们不能永远这样养着你。"

停顿良久,我们注视着对方。

"你是不是可以去挣口饭养活自己?"

"我是等待审判的囚犯。等待审判的囚犯是不允许自己找活儿的。这是法律规定,囚犯的供应出自公帑。"

"但你不是什么囚犯。你要是想走就走好了,悉听尊便。"他等着我吞下这个带刺的诱饵。我不吱声。他继续道:"我们没有你的记录,你怎么会是囚犯呢?你认为我们没有把记录保存下来?我们是没有你的记录。所以你只能是一个自由人。"

我站起来跟着他穿过院子走到门口。卫兵给他钥匙,他打开门:"看见了吗?开门了。"

我出去前踌躇了一下。有些事情我得知道。我盯着迈德尔的面孔。盯着他的清澈的眼睛,这是他灵魂的窗子;又看着他的嘴,他的心灵就从这里发出自己的声音。"你能匀出时间听我说一句吗?"我问。我们站在门道上,卫兵站在背后装作没在听我们说话。我说:"我不是年轻人了,不论怎样的结局我在这个地方都算是走到头了。"我对着广场四周做了个手势,尘土在暮夏的热风起来之前就开始疾飞,这可不是什么好兆头。"何况我已经死过一回,在那棵树上,只不过后来你没让我死。既然如此有些事情得让我在离开之前弄明白,如果不算太晚的话,毕竟野蛮人已经打到门口了。"我感到嘴角有一抹不易觉察的讪笑,怎么也抑制不住。我瞟了一眼空旷的蓝天。"如果这问题太放肆的话得请你包涵点,但我实在忍不住要问一下:我想知道,你事后——做完修理人的活儿之后——是怎么吃得下东西的？这是我对行刑者和这类从业人员一直百思不得其解的问题。等等！再听我说一句,我是诚心向你讨教,这问题弄得我好苦,可我不敢冒犯你,我太怕你了,不用说你心里对此肯定很清楚。你觉得干完这事后对吃东西没什么影响吗？我想象过大概你们得洗一下手,但一般的洗好像还不够吧,可能还得要一个牧师来帮一下忙,弄一个清洗仪式吧？类似净化灵魂似的——这是我脑子里想象出来的。否则,回到一般人的日常生活里难道不觉得别扭？比方说和家人坐在一起或是和同事们一起吃饭？"

他转过身,然而我用缓慢而笨拙的手拽住他的胳膊。"别,听我说！"我说,"别误会,这不是要责备你或是控告你,我早就过了那一段了。记住,我也是献身于法律的,我懂得法律程序,我知道主持正义的过程总是难以让人理解。我只是想弄明白。想了解你生活的那个圈子。我总在想象着你怎样日复一日地吃饭、呼吸、生活。我可做不到！所以这事让我非常困惑！如果我是他,我自己寻思,我会觉得自己的手脏得让我窒息过去——"

他猛地转身朝我前胸给了重重一击,我一个踉跄哼哼唧唧地向后倒去。"你这杂种！"他叫喊起来,"操你的神经病疯子！滚开！去死吧！"

"那你们什么时候审判我呢？"我朝他离去的背影大喊。他没搭理我。

天下之大,何处可借我栖身？从黎明到黄昏,我都将自己暴露在广场上,要么在货摊附近漫无目的地瞎逛,要不就待在树荫底下。随后,人们开始说起,老行政长官吃了不少苦头,总算活下来了,我走过去的时候,人们不再一下子沉默或者是转身避开。后来我发现自己多少还有几个朋友,女人们对我尤其怀有好奇心,她们急于听听我如何讲述这一切的兴致几乎不加掩饰。一天我在街上转悠,碰上军需官胖胖的妻子,她抱着一摞要晾的衣物。彼此寒暄几句。"你怎么样啊,先生？"她说,"我们听说你吃了不少苦头。"她两眼闪露着急切而不失谨慎的神色,"你愿意进来喝杯茶吗？"我和她坐到了厨房的桌边,我喝着茶品尝她烤的味道不错的燕麦饼,她把孩子们遭到外面去玩。我们整个言辞间都是拐弯抹角的问与答："你可是走了好长一段日子啊,我们都在想你到底回不回来了呢……这堆倒霉事儿真够你受的！事情变化太大了！你管事的时候一点儿骚乱也没有。那些首都来的人,瞧他们把这儿给闹的！"我接过话头,叹口气:"是啊,他们不明白我们这地方做事的方式,是不是。所有这些都是因为那女孩呗……"我又嚼起一块饼干。一个坠入爱河的傻瓜是遭人嘲笑的对象,但最后总会被谅解。"对我来说不过是个很简单的念头,想把她送回自己家去,可怎么能让他们理解这件事呢？"我漫无边际地瞎扯一通,她听着这些半真半假的故事,点着头,像一只鹰似的盯着我看。我们都假装她现在听到的这个人的声音不是那天被挂在树上大喊救命,那个直遏云霄能让死人还魂的声音。"……不管怎么说,让我们希望一切都已经过去了吧。我现在身上还痛着,"——我摸摸肩膀——"人老了,一时恢复不过来……"

后来我就用这法子在人家那儿多待一会儿。但要是晚上还饿,我就候在军营外面,等着唤狗的呼哨吹响时偷偷溜进去,一般总能用甜言蜜语从女仆手里把士兵们的残羹剩饭弄到手,一碗冷豆子、汤锅里剩的料或是半条面包。

早上,我就溜达到小客栈那里,倚在咿呀摇晃的门上,嗅着厨房里烹饪的香味——墨角兰、酵母、脆洋葱块和烟熏肥羊肉。梅在那里当厨,她把油抹在平底煎锅上:我看着她灵巧的手指把一大块油脂在锅底抹了三圈。我想起她拿手的火腿菠菜奶酪馅饼,嘴里直咽唾沫。

"好多人都走了,"她说着,转身拿过一大块揉好的面团,"我都不知道从谁开始说。就是几天前,大队人马都离开了。这里的一个姑娘——就是个子小小的留着一头长长的直发的那个,你也许还记得她——她也是其中的一个,也跟着一起走了。"她对我透露这消息时语调平平的一副波澜不兴的样子,我很感激她对我心情的体贴。"这当然是有道理的,"她继续说,"如果你想走你现在就得走,路途很远,也挺危险的,往后到了夜间还冷得够受。"她扯到了天气,夏日将尽,转眼这就有了冬天的迹象,好像不知道我之前就在离此处只有三百步的囚室里待着,那里同样有干和湿,冷和热。我意识到,对她来说,我消失了,又出现了,而这中间我就好像不存在于这个世界一样。

我一直听她说话,点着头,做着白日梦。我说:"你知道,我被关在里面的时候——是军营里,不是那间新的囚室,他们把我锁在一个小房间里的时候——我饿得一点都没有想女人的念头,只想着吃的东西。那种日子只是从一顿饭盼到下一顿饭。东西总是不够吃的,我像条狗似的大口大口地吞嚼,吃了还想吃。当然还有身上的伤痛,旧的伤和新的伤:我的手,我的胳膊还有这个,"——我摸了摸自己粗大起来的鼻子,一条丑陋的疤痕在眼睛下面,我后来才知道人家其实内心里对这事儿是挺有兴趣的,"如果我夜里梦见女人的话,那就是梦见一个进来把我痛苦带走的人,一个孩子气的梦。我并不知道,原来一个人的渴望可以藏在躯体的空壳中,然后在某一天毫无预兆地喷涌而出。你刚才说到那个姑娘,我以前很喜欢她,我想你也知道这事儿。虽然你说得很微妙……你说到她走了,我承认,我感觉好像胸口被什么东西打了一下,重重地挨了一拳。"

她两手灵巧地干着活儿,用碗沿在摊平的面团上压出一个个面圈,完了又把边上的零碎面屑揉进另一块面团,她有意避开我的眼睛。

"昨天晚上我到她楼上去,门关着。我没当回事。她有许多熟客,我从来没想到我只是其中的一个……但我想要什么呢?想有个睡觉的地方吗?不错,可还不止这样。干吗要假装呢?我们都知道,老年男人总想在年轻女人的怀抱里重新找回青春。"她揉着面团,捏呀搓呀,一个接一个地压着面圈:她一个年轻女人自个儿带着孩子,和一个挑剔难处的母亲生活在一起:我说起自己的痛苦和孤独是要向她恳求什么? 我出神地听着内心浮现出来的对话。"把一切都说出来吧!"当我第一次面对那些折磨我的人,我这样对自己说,"干吗要紧闭自己的嘴巴,你有什么秘密要守的? 让他们知道他们对付的是有血有肉的人! 大声说出你的恐惧,痛起来就大声尖叫! 他们最喜欢固执的沉默,因为沉默使他们更确信每个人都是一把锁,须得耐心去打开。所以要袒露你自己! 打开你的心扉!"于是我大喊着,尖声叫着,想到什么就说什么。这可是狡猾的理由! 而现在,我听任自己的舌头随便乱翻,却是乞讨的哀鸣。"你知道昨晚我睡在哪里吗?"我听见自己在说,"你知道谷仓后面的小披屋吗?……"

但最要紧的还是吃的,而且我对吃的欲望越来越强烈了。我要再胖起来。饥饿在早晚间跟着我。醒来时胃里总是叽里咕噜地要吃东西,饿得几乎等不及去四处转悠——我总是徘徊在军营大门边嗅着燕麦粥咕嘟咕嘟冒出的香气等着吃那份烧焦的锅巴;或者哄着孩子们从树上给我扔点桑葚下来;爬过人家的园门去偷摘一两只桃子;要不挨家挨户去讨要,镇上的人看到我(一个倒霉的老家伙,一个被昏头昏脑的怪念头玩惨了的受害者,现在总算活过来了)总是觍着笑脸乞讨食物,给什么都行:一片抹着果酱的面包或是一杯茶;中午时分也许还有一碗炖菜或是一盘洋葱豆子,往往还有夏季阳光雨水的丰富馈赠——杏子、桃子、石榴等等。我像个乞丐一样吃东西,胃口真是好得要命,我每次都把盘子舔得干干净净,那些好心给我食物的人看了喜滋滋的。怪不得我愈来愈能讨得乡亲们的欢心了。

我多么会献殷勤啊！我不止一次尝到厨房里特意为我做的美味点心：加了胡椒和细香葱的煎羊肉块；面包加火腿西红柿再加一块山羊奶酪。虽说我身体大不如前，也还是挺乐意帮着打点水或是搬点柴火什么的作为回报。如果我感觉到镇上人要对我厌倦了——我得小心别让自己成为恩人们的负担——我就上打鱼人的营地那儿去帮他们洗鱼。我学会了几句他们的话，他们对我也不存戒心，他们知道做乞丐是怎么回事，有时也分点吃的给我。

我要再胖起来，要比以前还胖！我要手掌抚在肚皮上能摸到心满意足的咕噜声；我要下巴埋进脖颈的肥肉堆里；我要走起路来胸脯一颤一颤的。我想要简单而心满意足的生活。我要（空想的念头！）永远不再感受饥饿的滋味。

*　　　*

部队出征将近三个月了，还是杳无音信。可怕的谣言却是满天乱飞：部队被诱进沙漠，然后被歼灭了；我们不知道，但他们被召回去保卫家乡了，留下这边境小镇成了野蛮人手边想摘就摘的果子。每个星期都有人离开，往东面走，十户或是十二户人家倾巢出动"去看亲戚（那是他们委婉的说法），等事情妥当了再回来"。他们走了，成队的牲畜驮着大包小包，男男女女推着小车，背着包袱，孩子们身上也像牲畜一样驮满了东西。我见到过一长串车队，用羊拉的四轮车。能驮运货物的大牲畜现在都不好买了。那些出走的明智的家庭：两口子躺在床上辗转反侧，悄悄地合计着，盘算着怎么减少损失。他们离开自己的舒适的家园，关门落锁，"等我们回来再说"，揣走钥匙作为纪念。这一走，第二天就会有一队士兵破门而入，整个儿洗劫一空，把家具砸烂，地板上留下一片狼藉。那些做准备行将撤离的人们愈来愈遭人怨了。他们若在公开场合被侮辱和抢劫，作歹的人压根儿不会受到惩治。所以许多家庭半夜里就悄没声息地蒸发了——他们行贿让守城卫兵打开城门，往东沿着大路绝尘而去。在第一站或是第二站他们会停住歇一阵，等着后边的人上来一道走，人多路上能安全点。

  镇上已实行军人专政。当兵的擎着火把在广场上举行了一场声讨"胆小鬼和叛国贼"的集会，重申对帝国的集体效忠。"人在城在"成了宣扬忠诚的标语口号：这些标语口号在墙上四处涂抹。那天晚上我站在人群外围的暗处（没有人敢待在家里）听着这些口号从几千人的喉咙里吼出来，一遍遍地捶击着耳膜，背上不禁起了一阵阵寒战。集会结束后又组织人们上街大游行。一处处房门被踢开，一扇扇窗子被砸碎，一幢幢房屋被焚烧。后半夜又在广场上大肆狂饮。我四处张望寻找迈德尔的身影，却没见到他。也许他已经控制不了要塞了，士兵们以前抑或得服从一个警员的命令，现在他们不听了

  帝国四处征募来的这些士兵最初来到我们镇上时，人们第一次在路上碰到这些陌生人，态度都很冷淡。"我们这儿不需要他们。"人们说，"他们早早出发去打野蛮人才好。"他们在商店购物毫无信用可言。做母亲的都把自己

的女儿关在家里怕给他们看见。但自从野蛮人出现在城门口之后,情况就变了。他们似乎成了保护我们免遭兵燹的唯一壁垒,人们都忙不迭地向他们献殷勤。一个市民委员会每周都要筹集款项为他们举行一次盛宴——肉叉上烤着全羊;几加仑的朗姆酒摆了上来;镇上的姑娘由着他们挑。只要他们待在这里守护我们,他们想要什么就拿什么。可是愈是奉承,他们愈是傲慢。我们知道他们是靠不住的。仓廪日渐空虚,主力部队像一道烟似的消失了,当没法再让他们大吃大喝时,有什么能让剩下的士兵继续坚守呢?只盼着严酷的冬季路途会使他们犹豫而不愿离开。

冬日的迹象已随处可见。清晨会有阵阵的冷风从北面吹来;百叶窗吹得吱嘎作响;睡眠中的人身子不由蜷缩得更紧了;哨兵把大衣裹得严严实实,身子背着风。有几个晚上我在麻袋铺成的床上醒过来冻得直打哆嗦,再也睡不着了。太阳升起时每天似乎都又远了一些,而土地在日落之前就变凉了。我想到那些几乎没有保护的旅行者,他们走出几百英里路程,一心想回到从没见过的"老家"去,一路推轳挽车、挈妇将雏、细心算计着柴米日用,途中每天还得扔掉几样家当:锅碗瓢盆、画像饰品、座钟、玩具……这些东西他们当初觉得能从废墟里抢救出来,但现在他们明白能剩下自己的一条命就不错了。再过一两个星期,天气就会恶劣得没法上路。刺骨的北风将会整天咆哮,使植物根茎慢慢枯萎,狂风挟着海边的尘土掠过广袤的平原,带来阵阵雨雪。我不敢想象自己怎么熬得过漫漫的旅途——衣衫褴褛还趿着破烂的拖鞋,手里拄着拐杖,背上带着未愈的伤痛。

我从来没想过要离开此地,从这儿跑出去我能指望什么样的生活呢?在首都守着一爿寒碜的小书铺,每天黄昏后回到后街租赁的陋室,等着牙齿慢慢脱落,瞧着女房东倚在门边轻蔑地从鼻孔里发出嗤笑吗?如果加入了大批逃难的人群,我将跟那些老乡亲一样,某一天寂无声息地脱离大队人马,在一块大石头边上待下来,等着最后的寒冷从腿部慢慢往上渗透。

*　　*

我顺着宽阔的大道一直逛到湖边。地平线前方已呈灰色,渐渐融进灰色的湖水里。身后,暗红的落日衬着金色光晕。水沟里传来蟋蟀的歌吟。这是我所深爱着的不愿抛别的地方。从年轻时代起我就常常顺着这条路散步,一直走到晚上,不用担心什么。我怎么能够相信某天夜里这儿一下子遍地都是鬼影幢幢的野蛮人?果真有陌生人揳入,我冥冥之中就能觉察出。大批的野蛮人已经撤到山谷深处去了,他们等着帝国士兵因厌战不战而退。到那时他们又会在草地上放牧,不碍着我们什么事儿,而我们种我们的田,不去掺和他们的事务,一两年后边境自然就重归和平。

我走过寂寥的田野——现在又重新犁过了耙过了;经过灌溉渠和湖边的圩墙。脚下的土地变得松软了。接着踱入水草萋萋的湿地,穿过芦苇丛,在天黑前最后一抹紫色的暮雾中,涉水走进沼泽,水没过我的脚踝。青蛙在我面前跃入水面,我听到近处有水鸟扑棱棱地振翅飞去。

我进入沼泽深处,用手拨开芦苇,感受着脚趾间凉丝丝的黏土,水还不太凉,太阳的余温在水中不像在空气中耗散得那么快。在沼泽地行走,抬脚很费力。每天一清早,捕鱼的人划着平底船过来打破四周平静的水面,在这儿撒网。多么悠然自得的生活!要不我还是别做乞丐得了,干脆跟他们住到一起去,用泥巴和芦苇给自己搭一个小窝棚,娶他们一个漂亮点的女儿,哪天鱼捕得多了就做一回老饕,捕少了就勒紧裤带。

　　水没在小腿肚那儿,我则沉浸在那个幻想中不能自已,我不是不知道这种白日梦(想变成无所用心的未开化人)意味着什么:成为一个听从本能的蛮族;大冷天走回首都去;摸索着从沙漠逃生;再回到我的囚室里去;找到野蛮人把我自己交给他们。无一例外,这些都是关于终点的梦:不是梦见如何生而是梦见如何死。并且我知道,在夜幕已降临的镇上(我听到响起两声微弱的军号通告城门就要关闭了),每个人都有同样的心思,除了小孩子。孩子们相信他们一直在树荫底下玩耍的那些大树永远会长在那儿,他们从不怀疑这一点。他们相信,等他们慢慢长大成人,长到跟父亲一样强壮,像母亲一样生儿育女,他们也会在这块生于斯长于斯的土地上过自己的日子,努力使这儿繁荣昌盛,再抚养自己的孩子长大成人。为什么我们在时间之中,不能像鱼儿在水中游动,像鸟儿在空中飞翔,像孩子们一样无忧无虑地生活呢?都是帝国造的孽!帝国造成了历史时间。帝国不让人们以顺天应时的方式过自己的小日子,而偏要制造大起大落的动荡让人们记住它的存在。

帝国注定要在历史中充当一个反历史的角色。帝国的意识就是：如何确保政权的长治久安，避免分崩离析。白天，他们处心积虑地追捕宿敌，到处布下他们的鹰犬；晚上，则以对灾难的想象滋养着自己：城邦凋敝、民不聊生、饿殍遍野、千里赤地。我两脚踏在淤泥中，一边恣意而不失刻薄地想道：也许我并不比那个一心效忠帝国的乔尔上校更纯洁——这会儿乔尔上校正在无垠的沙漠里追剿帝国的敌人，出鞘的利剑朝着野蛮人一路杀戮，一直杀到最后一个命定的野蛮人（不是他就是他的儿子或者就是他那个未出生的孙子），而这个野蛮人的使命本该是登上金碧辉煌的帝国宫殿，推翻那个象征着江山万代的虎踞金球的宝座，他麾下的士官们向他欢呼，朝空中鸣火枪庆贺。

没有月亮，我在黑暗中摸索着走回干硬的地面，来到一片草地上，裹紧大衣沉入睡眠。夜半时分，在一连串飘忽的梦境里，我打着寒战浑身僵硬地醒来，看见暗红色的星星还在天际闪烁，几乎没有移动。

我经过捕鱼人的帐篷时，一只狗叫了起来，接着另一只也跟着叫唤，宁静的夜晚被一阵狂吠搅得乱糟糟的，到处是惊醒的人声和尖厉的叫喊。我一惊之下扯开嗓门高喊："没事！没事！"没人理会。我不知所措地立在路中间。有人从我身边窜过去跑向湖边；接着又是什么人一头撞了上来，我马上知道这是个女人，她在我怀中惊骇地喘着粗气，很快又甩脱我跑了。旋而上来几条狗，对着我汪汪乱叫。一条狗咬住我的腿，撕开我的皮肉就跑了，我一阵天转地旋叫出声来。那些发狂的狗都上来了，吠声汹汹地围住了我。

身后城墙里边的狗也跟着外面的狗狂吠不已。我拢着身子团团打转,提防着随时会扑上来的狗。嘈杂的军号穿空而来,那些吠形吠声的玩意儿闹得更凶了。我慢慢朝帐篷那边挪去,一座窝棚蓦然凸现在面前。我一把推开挂在门上的草帘子冲进去,一股汗濡濡的温湿气息告诉我那地方几分钟前还有人睡过。

外面的喧嚣吵闹渐趋平静,人却一直没回来。窝棚里那股发闷的气味让人昏昏欲睡,可是刚才身体遭遇那柔软冲击的余波让我没法入睡:我的身体保留着倚靠在它上面另一个身体的记忆,就像某种伤痕。我担心自己明儿白日里还耽于绮梦,到处询问那个黑暗中撞到自己怀里来的人是谁(不知是孩子还是女人),好在她身上建立更荒唐的性幻想。对我这个年纪的男人来说,做蠢事是没个边际的。老男人唯一可以为自己辩解的理由是不会给姑娘留下痕迹:拐弯抹角的欲念;礼仪似的做爱;那种傻乎乎的热情很快就会被淡忘,她们很快就会挣脱老家伙笨拙的舞步像箭一样地射向她们将为之生儿育女的男人怀抱里——年轻而充满生气的怀抱里。老头儿的爱不会留下痕迹。那个盲眼女孩的脑子里将会浮现谁人的记忆:我和我的丝绸长袍、昏暗的灯光、香精油和并非愉洽的交欢;还是那个眼睛上戴着罩子,下令给她带来痛苦的冷酷男人?这世上哪一副面孔是她眼睛失明前最后一瞥(那张脸埋在一块闪亮而灼热的烙铁后面)?虽说此时此刻我还因羞愧而畏缩,但我还是有必要问自己,当我把头凑向她的脚,抚摸亲吻那被斫损的脚踝时,难道没有打心底里后悔自己无法给她留下同样深

183

刻的印象。虽说她的同胞也许会善待她,但她再也不可能像一个正常女子那样被人追求、被人娶为妻子了:她的生命被烙上了陌生人的印记,没人会接纳她除非怀着某种悲哀的肉欲的怜悯,如同她在我身上察觉并抵触的那种。怪不得她总是睡过去;怪不得她在厨房里削瓜果皮也比在我床上快活!那天在军营门口我出现在她面前时,她肯定觉出一种臭不可闻的阴谋在靠近她:妒忌、怜悯、种种残忍假扮的欲念。我的做爱没有冲动,只有对冲动的费力拒绝!我记得她冷静地露出笑靥。一开始她就明白我其实是个冒牌的引诱者。她先是听凭我摆布,接着她听从自己的直觉,她根据直觉行事没错。如果她把心里的话告诉我多好!"你不该这么干。"她本可以这么说的,阻止我这么干下去,"如果你想知道怎么干,去问问你那位戴黑眼镜的朋友。"为了让我存点希望她可以继续说下去,"但如果你想爱我,就离他远远的,到别处学乖去。"如果她当时这么告诉我;如果我能明白她的意思;如果我能设身处地为她着想,我就可以把自己从这一年来的困惑和无益的补偿念头中解脱出来了。

因为我并非如我所希望的那样,是冷冰冰的乔尔的对立面——一个宽容的欢爱制造者;我是帝国的一个谎言——帝国处于宽松时期的谎言;而他却是真相——帝国在凛冽的寒风吹起时表露的真相。我们正好是帝国规则的正反两面。但是我迟迟不动作,我环顾这个朦胧的边境小城:满载杏子的大车在眼皮底下晃悠;午睡昏昏一觉好长;无所事事的卫戍部队;还有波澜不惊闪闪发亮的湖面上年复一年飞进飞出的水鸟。我对自己这么说:"耐心点,总有一天他会离去,总有一天平静的日子会重新来临:那时我们的午觉会睡得更长,我们的刀剑更锈蚀不堪;哨兵们夜里从岗楼上偷偷溜下来陪老婆睡觉去。城墙的灰浆会风化剥落,蜥蜴在砖缝间做窝;猫头鹰会从钟楼里飞出来,地图上帝国的边境线会愈来愈模糊直到最后我们有幸被忘记。"于是我诱导自己拐过许多看似正确的错误路口,一步一步走向迷宫的中心。

梦里我穿过白雪皑皑的广场向她靠近,起初就那么走着,后来被一股风雪的旋涡推着往前,我张开双臂,风把我的大衣吹得鼓起来,活像船的风帆。我脚不沾地随着雪花飘浮起来,速度越来越快,眼看要撞上广场中央那个孤零零的身形了,我心里想:她一定来不及看到我!我张嘴大叫想喊她躲开,可是声音传到耳朵里像是微弱的哭泣,就像碎纸屑似的马上被风吹散了。我快碰到她时,缩拢身子防着这一撞,这时她转过身来看见了我。这一刻,我看见了她的脸,一张孩子的脸,闪动着青春健康的光泽,眼看彼此就要相撞还满不在乎地朝我微笑。她的脑袋顶到了我的腹部,接着我就被风刮走了,这轻轻的一撞就像飞蛾扑扇一下翅膀。我一身轻松地腾空而去。"我原来不需为这事儿感到焦虑!"我心想。一边往后看,却只见白茫茫的一片雪地。

我被湿漉漉的嘴唇吻弄着终于醒了,我咂咂嘴,晃晃脑袋,睁眼一看,一只狗刚才在我脸上舔来舔去,现在退了几步,摇晃着尾巴。有光从窝棚的门缝渗透进来,我钻出窝棚走进黎明。水天一色的玫瑰红。每天清晨我都瞧见的那些捕鱼船已不在湖面上,我所在的营地也空寂无人。

我裹紧了身上的大衣,经过了仍然紧锁着的城门。可是西北岗楼的哨兵没上岗。我只好趑回去,穿过田野向湖边走去。

一只野兔撞到我腿上,这晕头转向的玩意儿来回扑腾了几下才逃开去,我连忙一路追撵,可是它一个拐弯就消失在远处熟透的麦田里了。

五十码开外一个小男孩站在路中间撒尿。他一边瞅着自己射出的弧形的尿水,一边偷偷用眼角瞄着我,身子又往前拱想把最后一点尿射远些。可那黄黄的尿线还没收起他突然就消失了——芦苇丛里伸出一只黢黑的手把他拽了进去。

我走到他刚才站的地方,什么也没看见,只有风中像波浪起伏的芦苇梢上露出的半个太阳。

"你们可以出来了,"我并没有扯着嗓门喊,"没什么好害怕的。"我留意到鸟儿都避开了这片芦苇地。我肯定有三十双耳朵听着我的话。

我转身进城去。

城门开了。一群手持武器的士兵在捕鱼人的草棚里搜寻着。昨晚把我吓得要死的那些狗都竖起耳朵和尾巴、伸出了舌头。一个士兵拎起挂着腌鱼干的架子扔开去,那架子嘎吱嘎吱地倒下了。

"别这样!"我喊叫着,疾步上前。在受折磨的那些日子里我认识了这几个士兵。"别这样,不能怪罪他们!"

那个士兵不慌不忙地走向最大的那个窝棚,挺起身子扳开两根屋顶檩条,想把茅草屋顶拆下来。可是他折腾了好一会儿还是没拆成。我曾见过这些看似摇摇欲坠的窝棚是怎么搭起来的,这种窝棚其实可以抵挡很大的风,哪怕在这样的风里鸟都无法飞行。扎得很紧的屋顶檩架用韧皮子固定,皮带绕过一个三角楔口绑住。不把皮带弄断就不可能掀掉屋顶。

我恳求那个士兵:"想知道昨晚发生了什么事儿,我告诉你。我摸黑走着,狗叫起来了。这里的人都吓坏了,这帮人昏头昏脑的,这你是知道的。他们心想是野蛮人来了,便跑到湖边,躲到芦苇丛里——我就在刚刚还看见他们。你们别为了这么一桩荒唐的事儿去惩治他们。"

他没理我。另一个士兵帮着他攀上屋顶。他两手撑住屋架用靴子后跟把屋顶跺出一个个洞来。我听见屋里砰砰的几声,外面糊着泥浆的茅草屋顶一块块掉下来。

"住手!"我吼道,太阳穴的血管一颤一颤,"他们碍着你们什么事了?"我去拽他的脚踝,但离得太远。我气得真想撕开他的喉咙。

有人冲到了我的面前,就是那个帮他上屋顶的同伴。"你他妈的干吗不滚开呢?"他叽咕着,"你他妈的干吗不滚开?干吗不去死呢?"

我听见窝棚下面的屋顶支架发出清脆的断裂声。屋顶上那人双手张开掉了进来,一会儿还看见他瞪大眼睛在那里,转眼工夫只听得轰的一声一阵尘雾腾起,人影都没了。

只见他扯开挡门的草帘子佝着身子出来,两手掐在一起,从头到脚落满了灰尘。"该死!"他骂道,"该死!该死!

该死！该死！"他的同伴都哄然大笑。"有什么好笑的！"他叫道，"我他妈的大拇指给弄伤了！"他两手夹在膝盖中间，"真他妈痛！"他抡起一脚踢在草棚上，我又听见里面泥灰脱落的声音，"他妈的野人！我们本来应当把他们一个个排在墙根，和他们的同伙一道毙了！"

他眼睛一扫而过，有意避着我，总之是不想看见我，转而大摇大摆地走了。路过最后一个窝棚时，他一把扯下门上的帘子。那些串着红的黑的小珠子装饰精致的帘子裂开了，撒了一地的珠子和线头。我站在一边气得浑身发抖，等着心里这股恶气慢慢平息下去，我想起一个年轻农民，那时我还掌管着要塞的审讯事务，他被带到我这儿。他住在一个遥远的小镇上，因为偷鸡被那里的地方行政官送到部队服役三年。来到这儿一个月后他试图逃跑，被逮住押送到我这儿来了。他说他想去看他母亲和姐妹。"我们不能想做什么事就做什么，"我教训他，"我们是受法律约束的，法律比我们任何人都重要。那个让你来这儿的行政官、我、你——我们所有的人，都得服从法律。"他面无表情地看着我，等着对他的判决，士兵站在两旁，他两手被反绑在身后。"我知道你觉得这对你不公平，只因为是个孝顺的孩子就要受到惩罚。你在想，你懂得什么公正不公正。我们都以为自己明白这一点。"我当时毫不怀疑，任何时候，任何一个人，不论男人、女人，还是穷人、老人、孩子，甚至磨坊里拉碾的马，都知道什么是公正的：对于来到这世上的一切生灵而言，公正的意识与生俱来。"问题是我们生存在一个法律的世界。"我对那可怜的囚徒说，"法律的世界虽说不是最好的世界,可对此我们没有别的选择,我们都是堕落的生物。我们所能做的就是维护法律——包括所有的人——同时不要让公正的意识在脑海中褪色。"训示完毕,我给他判了刑。他没说什么,一句也没抵辩,卫兵把他押走了。我记得在那样的日子里我感到一种不安的羞耻。我会离开法庭回到寓所,黑暗中坐在摇椅上,晚饭也没胃口,一直坐到晚上睡觉。"如果有人蒙受不公,"我对自己说,"那么见证者注定都将为此而蒙受羞耻。"可是这种空泛的思想没有给我带来安慰。我曾不止一次地想过是否该辞去职务,干脆退休置一个小小的园子。但我又想,另一个被任命担任这个职位的人也得承受这个职位的羞愧感,他也不能改变什么。我还是继续待在我的位子上等着哪一天发生什么事情把我赶下台吧。

* *

两个骑马的人离这里不到一英里,当进入人们视线时他们已策马穿过光秃秃的田野。我混在欢迎的人堆里,满耳是四面八方嚷起的欢呼声,因为大家都已认出那面金绿相间的军旗。我和一大帮蹦蹦跳跳的孩子一起跨过新翻过的田地,朝那边跑去。

左边那个骑马人刚才还和同伴并辔而来,突然转向湖边那条路上去了。

另一个继续朝我们这边缓缓而来,坐在马背上的身子挺得笔直,张开双臂像是要拥抱我们或是要飞向天空。

我开始趿着拖鞋拼命地跑,心怦怦地跳着。

他身后一百码外又响起沉重的马蹄声,三个全副武装的士兵骑马经过他,朝刚才那个人消遁的芦苇丛疾驰而去。

我和大家一起围住马上的那个人(我认出了他,虽说模样全变了),那面军旗在他头顶上飘动着,他两眼茫然地盯着前方,他被一副结实的木架子缚在马鞍上,背后有一根竖起的木杆支撑着身体,以使他身板挺直地坐在上面,一根横档把两只手臂固定住,下颌裹着绷带,苍蝇在他脸上飞来飞去,身体已经肿胀,散发着一股臭气。他已经死了好几天了。

一个孩子拉拉我的手小声问:"大叔,他是野蛮人吗?""不是。"我轻声说。他转身对旁边的男孩悄悄说:"看见了吗?我早告诉过你了。"

没人打算上前去料理这事儿,我只好上去捡起那根拖在地上的缰绳,牵着从野蛮人那里送回来的这个报丧者,穿过默不作声的人群,到军营大院里把他放下来,以待埋葬。

随后,那些跟在他身后的散兵游勇也回来了,他们疲疲沓沓地经过广场进了法院,现在迈德尔在那里主持政务。他们全都进去了不出来,等再出来时,谁都不说一句话。

预言中的灾祸真的降临了,小城这是头一回真正笼罩在恐慌之中。商店里尽是抢购东西的人,彼此抬高着物价,都在抢购食物拿回去囤积起来。有几户人家在家门口设置了路障,把鸡鸭,甚至是猪都圈了起来。学校停课了,传言说大股野蛮人已在几英里外的河岸那边安营扎寨,很快就要攻进来;这传言就像闪电一样在街上传开。不可想象的事发生了：三个月前耀武扬威出征的军队再也回不来了。

城门统统紧闭，上了闩杠。我向守门的军士求情，请他允许捕鱼人进来。"他们也怕丢了性命。"我向他指出。他掉转身子不理睬我。堞墙上守城的士兵就在我们头顶上，那四十个守土有责的军人，两眼望着远处的湖水和沙漠发愣。

天黑以后，我仍回到谷仓那边睡觉，但发现路给堵了。一队装载军需品的双轮车从小路那边过来，我认出第一辆车装的是谷仓里卸出的粮食，其余几辆是空车。车后面是鞍鞯齐备的马队，是从要塞的马厩里拉出来的：我猜想那些马匹都是前几个星期用明征暗偷的招儿弄来的。被喧闹声惊醒的人们纷纷从家门口探出头来，默默地看着这场早有预谋的撤退。

我要求见迈德尔，但法院的卫兵和其他人就像木头桩子似的对我的要求置之不理。

事实上迈德尔没在法院里。我回到广场上，正好赶上聆听他在那里宣读一份声明的结尾部分："以帝国司令部的名义。"他提到这次撤退时说，这是一次"临时的措施"。"代理守城的部队"将会被留下。期望在边境地区有一个"冬季停战"。他自己期待着能在春天时重返要塞，那时军队"会发动新的攻势"。他感谢当地人"令人难忘的盛情"。

他讲话时，站在空车旁侧的士兵举着火把，他手下的军士正在往车上搬各种他们搜寻来的水果。有两人奋力把一只精致的，铸铁炉扛上车，是从主人撤离的空房子里弄来的。另一个人一脸嬉笑地拎着两只公鸡母鸡来了，公鸡长着金色和黑色的毛,本来十分神气,两只鸡的翅膀被拽着,爪子被绑着,不安的眼睛惊闪地四处张望。旁边的人手把着拉开的烤箱门扇,他把这些鸡都塞了进去。

大车上高高地堆叠着从商店里抢来的麻袋和桶具,还有一张小桌和两把椅子。他们敲开一块红地毯覆住车上的货物,然后用绳子扎紧。旁观的人们就这样瞧着他们有条不紊地干着公然背弃的勾当,没人上前提出抗议,但我感到一阵阵无奈的愤怒在四周奔涌。

最后一辆车装载完毕,城门打开,士兵们上马了。我听见有人对迈德尔说:"大概要一个小时吧,他们一个小时能准备好。""没问题。"迈德尔回道,他其余的话被风吹散了。一个士兵将我推到一边,把三个抱着大包袱的妇女扶上最后那辆车。她们上去坐稳了拉上面纱遮住脸。其中一个女的带着个小女孩,她让小女孩坐在货物上边。赶车的打了个响鞭,队伍开始蠕动,马匹绷起身子,车轮辘辘转动起来。车队后面还有两人挥着杆子赶着一群羊。羊群经过时,人堆里叽叽呱呱的声儿慢慢响起来了。一个年轻人冲出人群挥动手臂吼出抗议之声——羊群四散着没入了黑暗。人群里也应声叫喊,围了上去。几乎就在这一刻,第一阵枪声响了。我夹在尖声大叫的人堆里拼命地跑,只见一个男人抓住最后那辆大车上的一个女人,撕着她的衣服,那个坐在大车顶上的小女孩把大拇指衔在嘴里,睁大眼睛看着这一幕。接着广场就空了,一片黑暗。最后那辆大车也一骨碌地驶出城门,守城部队走了。

整个晚上城门大开,几户人家收拾细软背起沉甸甸的包袱,徒步去追赶部队。天还没亮捕鱼人就悄悄进城了,没有人阻拦他们。他们带着病病歪歪的孩子,一丁点可怜兮兮的家当,一捆捆木料和随处可见的芦苇,他们又开始建造家园了。

*　　*

我原来的寓所大门敞开着。里面的空气有股霉味。那么长时间都没有打扫了。我那些收藏:石头、蛋、沙漠废墟里淘来的手工制品都不见了。前面屋子里的家具被挪到了墙边,地毯也掀掉了。只有那个小会客间似乎没动过,但所有织物上都带着一股捂馊了的味儿。

卧室里,床上的被褥像我平时一样给卷在一边,好像我一直在这儿睡觉似的。没洗过的床单散发着陌生人的气息。房间里的便壶盛着半壶尿。壁橱里有一件皱巴巴的衬衫,领圈上一层褐色污垢,腋窝下面一摊黄渍。我的衣服都不见了。

我把床上的东西全部拿掉,躺在光秃秃的床垫上,想着也许会有不舒服的感觉爬上身来,因为另一个在此睡过的男人的气息和他的混乱人生将阴魂不散地盘踞在这里。可是这感觉居然没来。房间跟以前一样熟悉。我把手臂搁在脸上迷迷糊糊地睡过去了。也许这世界就是这样,既不是幻想,也不是一场噩梦。也许我们只好清醒地面对所发生的一切,既不能忘记,也不能视而不见。但我此刻还是和以前一样难以相信事情的结局已近在咫尺:如果野蛮人这会儿冲进来,我知道,自己肯定会在床上像个傻瓜似的死去,就像对自己的命运一无所知的稚童一般。或者更确切的情形是,我在楼下的餐具室里被逮住,手里拿着勺子,嘴巴里塞满了食品架上最后一个罐子里剩下的无花果,这时我脑袋被砍下,飞落到外面广场上一大堆人头上,脸上都带着负疚而惊讶的表情——惊讶于这平静的绿洲里插入的一段动荡历史。每个人都有自己最贴切的结局:有人死在路上铺天盖地的冬雪里;少数几个甚至会死在彼此争斗的干草权上。事后,野蛮人会把他们的叙述写进小镇的档案里。到头来我们似乎还是一无所知。在我们所有人的内心深处,似乎有一种冥顽不化的信念——即使街上有歇斯底里的流言,没人相信我们这个平静稳固的世界将要完结;没人想得通帝国的军队居然会被长矛大刀加上几支破枪的野蛮人击溃(那些住在帐篷里从来不洗澡不洗衣服,完全没有文化的野蛮人)。我是什么人,可以嘲笑给人以希冀的幻想?幻想着最后关头该有手持长剑的救世主及时现身赶走敌人,宽恕我们的过错(那是别人假我们之名惹的祸),再给我们一次重建人间天堂的机会——在最后关头,人生有比幻想更好的方式吗?我躺在光秃秃的床垫上凝神静思,把自己想象成一个游泳者,以一种四平八稳的姿势不倦地游过波澜不兴的时代,一点水花都没有甚至跟死水一样:没有涟漪、无处不在、无色、无味,干燥如纸。

第 六 章

有时候田里一早会出现新踩的马蹄印。在耕地远端散落的灌木丛里,放哨的人发现了某种印迹,他发誓说这印迹前一天还没有,而过了一天又消失了。捕鱼人天亮之前不敢出来,所以他们现在捕到的鱼只够自己活命。

我们在刀枪戒备的自我保护下连续苦干两天,把远处田野劫后残剩的庄稼收进来了。收获的粮食每户人家每天能分到不足四杯,却是聊胜于无。

虽说一匹瞎眼的马还在拉着水轮,把湖水抽上来注入水池浇灌镇上的菜园子,但我们知道水管随时都有可能被切断,于是打算在城里挖几口水井。

我督促乡亲们把自家的菜园子种好,播下耐用蔬菜种子以备冬日之需,冬天就要来了。"最要紧的是我们得想办法熬过冬天,"我对大家说,"春天时他们会送来救济粮,这是肯定的。雪一化我们就可以把六十天成熟的小米播下去。"

学校一直没开学,孩子们被叫去到南面湖边盐碱地捉一种红色小甲虫,那种虫子在洼地里随处可见。我们拿来在烟火中熏烤,然后做成一磅重一块的肉饼。这东西吃起来很油,以前只有捕鱼人才吃,但在冬天过去之前,我估计老鼠和昆虫都会成为我们餐桌上的美味。

我们在北面的堞墙上放置了一排套着盔甲的长矛。每过半小时叫几个孩子去把那排东西稍稍挪个位置。我们想用这法子来骗过野蛮人锐利的眼睛。

迈德尔的卫戍部队还留下三个人,他们轮流在法院大楼门外站岗,镇上人几乎忘了他们,他们自己照料自己。

在所有擘划民生的举措中,我都是个领头的人,没有谁来跟我争什么。我的胡须修剪过了,穿着干净的衣服,我又重新开始行使因国防部来人而中断了一年之久的行政权力。

我们本该多砍些柴多储备一些,但没人敢去河边烧焦的树林那边,捕鱼的人发誓说他们见过野蛮人新近在那边扎营的痕迹。

* *

我被一阵敲门声惊醒。那人提着一盏灯,脸被风刮得皴裂了,瘦骨嶙峋的,气都喘不过来,他穿着一件大尺码的军服,那衣服真是太大了。他迷惑不解地看着我。

"你是谁?"我问。

"准尉在哪儿?"他喘着气,一边往我肩后瞅去。

这是凌晨两点。城门打开了,为了让乔尔的马车驶入城内,此刻车停在广场中央,车轴放在地上。几个人躲在背风处。城墙上的哨兵从上往下张望。

"我们需要食物、好马和饲料。"那人匆匆说道。他从我前面一溜小跑奔到马车前,拉开车门说:"准尉不在这里,他离开了。"借着月光,我瞥见窗前的乔尔。他也看见我:门这就砰地关上了。我听见里面的闩门声。透过窗玻璃,我看见他坐在幽暗的角落里,把脸僵硬地转开去。我叩着窗玻璃,但他没注意。他的部下把我推开了。

黑暗中扔出一块石头砸在马车棚顶。

乔尔的另一个护卫跑过来:"什么也没有,"他喘着气说,"马厩里空的,他们都牵走了,一匹也不剩。"一个从汗濡濡的马身上卸着轭具的人开始咒骂起来。又一块石头飞过来,没打中马车却差点击中我。石头是从墙那边扔过来的。

"听着,"我对士兵说,"你们又冷又累。把马牵到马厩去,进来吃点东西,把你们的情况跟我们说说。你们走后我们这里一点消息也没有。如果那个疯子想在车里待一个晚上,就让他待着去吧。"

他们几乎不听我说话:这些又饿又累的士兵把这个警官从野蛮人那里拖回安全地带已经是超过他们的职责范围了。他们凑到一起小声嘀咕着什么,又重新给那两匹疲惫不堪的马套上轭具。

我透过窗玻璃模糊的反光看着那个黑影,乔尔上校。大衣被风吹开来,我在冷风中打了个寒战,不仅因为冷,还因为压抑着的愤怒。我感到一阵冲动,想砸碎车窗玻璃把那个人从碎窟窿里拽出来,真想看到他的皮肉卡在一圈参差锐利的玻璃碴上被扯拽得遍体鳞伤。真想把他拖到地上用脚踢,踹成肉酱。

也许是感受到了一股嗜血的敌意,乔尔不情愿地把脸转向了我。良久,他从座位上侧着走过来,从玻璃后面盯着我。他的脸上没有了那副黑罩子,像漂洗过似的白净——也许是在幽蓝的月光映照下,也许由于体力衰竭。我凝视着他苍白的太阳穴,他母亲柔软的胸部;他第一次扬手放飞风筝;他那些令我深恶痛绝的残忍暴行,这些记忆在他头脑里都像蜂巢网格似的一一储存着。

他瞪着我,除去了黑眼镜的两眼逼视着我的脸。他肯定也想冲出来抓住我,用碎玻璃扎瞎我的眼睛吧?

我一定要给他一个教训——这是我早已在脑子里转悠过上百遍的念头。我用口形说出下面的话时一直盯着他的眼睛,确保他正在解读:"罪恶潜伏在我们身上,我们必须自己来担当。"我点着头,又点头,尽可能使传递的意思准确无误,"不关别人的事。"我说,我重复这些字句,指指自己胸口,又指向他的胸口。他看着我的嘴唇,自己那副薄薄的嘴唇也模仿我翕动起来,也许是在嘲讽(我没明白过来)。又是一块石头砸过来了,也许是块砖头,马车轰的一声发出裂响。他吃了一惊,两匹马也一下惊跳起来。

有人向这边跑来。"走!"他喊道。他推开我,拳头捶着车门。他胳膊下夹满了面包。"我们得赶快走!"他喊道。乔尔上校拉开门闩,他把面包扔进去。门砰地关上。"快!"他喊。马车准备启动,弹簧发出吱嘎声。

我拽住这人手臂。"等等!"我大喊,"告诉我发生了什么事儿再让你们走!"

"你看不出来吗?"他摔打着我的手喊叫着。我的手腕还是动不了,便用手臂抱紧他。"说呀,说了再走!"我喘着气说。

马车已经接近城门口了。两个骑马的人走出了城门,另外一个在后面追着。黑暗中不断有石头砸向马车,叫喊和咒骂像骤雨一般倾泻而下。

"你要知道什么?"他说。使劲挣扎也没脱身。

"别人呢,其他那些当兵的都到哪儿去了?"

"跑了,散伙了。所有的人都跑了,我不知道他们上哪儿了。回来这一路我们找得好苦。人都凑不到一块儿。"他的同伙已消失在黑暗中,他颠簸得更厉害了,"放我走吧。"他哭起来,懦弱得像个孩子。

"再一分钟就好。野蛮人是怎么对付你们的?"

"我们被困在山里挨冻!我们在沙漠里饿得要死!为什么没人告诉我们情况会这样?我们没挨揍,他们领我们走进沙漠后自己就消失了!"

"谁把你们领进沙漠?"

"他们——野蛮人,他们引诱我们一个劲儿地往前推进,可是我们总抓不住他们。接下来谁要跟他们对抗,他们就逐个射杀。他们黑夜里摸进来砍断我们马匹的缰绳,他们不跟我们面对面地干!"

"然后你们就放弃追击逃回来了?"

"是的!"

"我会相信你的话吗?"

他绝望地怒视我。"我干吗要说谎?"他吼叫起来,"我不想被他们落下,就这么回事!"他一边号哭,一边朝着城门抱头鼠窜,消逝在幽暗之中。

*　　　*

第三口井挖到那儿停下来了。一部分挖井的人回家了,另一些人等着下一步的指示。

"怎么回事?"我问。

他们指着一些摊在新挖开的泥土上的尸骨:那是个孩子的骨骼。

"这儿以前肯定是坟墓,"我说,"竟然会有人选择一处坟墓。"我们挖井的位置在军营后面的一块空地上,这地方位于军营和南城墙之间。这尸骨看上去有年头了,浸染着泥土的赭红色。"你们看怎么办?要想换换地方,我们不妨在挨着城墙那边重新开挖。"

他们帮我爬下去。我站在齐胸深的洞里拨开嵌在井壁上的一块下颌骨周边的泥土。"这是颅骨吧。"我说。其实不是,颅骨已经挖出来了,他们指给我看。

"看你脚下。"那个工头说。

太暗了看不清,但用鹤嘴锄挖下去我觉出了硬物,摸上去是骨头。

"他们没给好好埋葬。"他蹲在洞边说,"他们胡乱地躺在这里,一个叠一个。"

"是啊,"我说,"我们别再挖下去了,你说呢?"

"是啊。"

"我们把这儿填上,换到墙根那边去挖。"

他没说什么,伸出手帮我爬上来。旁边的人也都默不作声。我把骨头扔回井洞里,在他们主动拿起铲子之前先扔下了第一铲泥土。

* *

在梦里,我又踏入那个井洞。泥土湿答答的,水还在往外渗,我脚底下叽咕叽咕地响,抬脚都得费点力。

我搜寻那些尸骨,感觉中自己是在地表底下。我拿起了一只麻袋的边角布,黑乎乎的、霉烂了,手指一捏就碎掉。我又钻入淤泥中。一把叉子,弯曲了,失去了光泽。一只死鹦鹉,我拎起鹦鹉的尾巴,它那湿漉漉的羽毛就挂了下来,翅膀也耷拉着,它的眼窝是空的。我一松手,它掉进洞里却没有溅起一点泥浆。"毒水,"我想,"我不能喝这儿的水。我不能用右手抹拭嘴巴。"

* *

从沙漠回来以后我就再也没和女人睡过觉。可在这个最不恰当的时候我的性力量却重新彰显起自己来。我睡眠很差,早上醒来时那根东西在大腿间像树枝似的矗在那里。没有什么引起性欲的事儿。躺在翻腾得乱糟糟的床上,我无奈地等着它消退下去。我试图回忆起那个夜复一夜跟我在这张床上并颈而眠的姑娘。我看见她穿着宽松的直身连衣裙露着两条腿,一只脚搁在盆里等我给她洗,她的手压在我的肩膀上。我在那双粗壮的小腿肚上涂抹肥皂。她把连衣裙拉到头上脱去。我擦洗她的大腿,然后把肥皂扔在一边抱住她的屁股,脸贴在她肚子上摩挲着。我闻到肥皂的气味,感受到水的温暖,她两只手在我肩上的压力。回忆到最细微之处我伸手触摸自己。没有搏动的反应,像是在触摸手腕:是我身上的一个肢节,不过要硬一些;反应也迟钝,没有生命似的。我试图做成它:可是徒劳无功,一点感觉也没有。"我太累了。"我对自己这样说。

我在安乐椅上坐了一个小时等这根小柱子的血液减少下去。它按照自己把握的时间这样做了。然后我穿好衣服走出去。

当天晚上,它又来了:那支小火箭慢慢升起,毫无目标地升起了。我再次用想象来满足自己,但是没有感受到回应的生气。

"试试面包霉素和牛奶补骨脂,"草药医生说,"也许能管用。要不行,再来找我。这儿有一些牛奶补骨脂。你把它碾磨后和面包霉素调在一起就着热水喝下去。每顿饭喝两勺。挺难喝的,这玩意儿挺苦,可这对你没害处。"

我付给他银币。现在只有孩子才会要铜钱。

"不过你倒跟我说说,"他问起了,"像你这么个健康男人为什么想要摒弃性欲?"

"老爹,我有这种表现和性欲无关。只是一种简单的刺激反应。就这么硬起来了。就像得了风湿病。"

他颔首一笑,我也朝他微笑。

"这一定是镇上唯一没有遭到他们抢劫的店铺。"我感慨道。其实这不是一家店铺,只是雨篷下面一块凹进去的地方,搁架上摆放着若干积满尘垢的坛坛罐罐,墙上挂着些许草根和成捆的干树叶,他在镇上经营这草药店已经五十年了。

"是啊,他们没来找我麻烦。他们曾暗示说为我自己着想还是离开的好。'野蛮人会把你的卵蛋煎来吃。'——这是他们说的,他们就是这么说话的。我说:'我生在这儿,死也要死在这儿,我不打算离开。'现在,他们走了,我说,他们走了更好。"

"是啊。"

"试试牛奶补骨脂。要不行,再来找我。"

我喝了那些苦涩的调和物,同时拼命地多吃莴苣,听人说多吃莴苣会使男人丧失性能力。我三心二意地玩着这些名堂,心里明白我其实是误读了自己的心结。

我也去找过梅。那小客栈已经关门倒闭,因为顾客太少。现在她主要在军营那儿帮她母亲做事。我见她在厨房里把孩子抱到靠近火炉的小床上睡觉。"我喜欢你们这只大大的旧火炉,"她说,"那只炉子一连几个钟头都是热的。这炉子温暾暾的火势不旺。"她在炉子上煮上茶。我们坐在桌边看着炉膛里的煤火一闪一闪。"我真想给你做点什么好吃的,"她说,"可是当兵的把储藏室搜刮得精空,几乎什么都没剩下。"

"我看我们一块儿到楼上去吧,"我说,"你能离开孩子一会儿吗?"

我们是老交情了。有过几年的来往,在她第二次嫁人之前,每天下午都会到我那里去。

"我还是把他抱去吧,"她说,"他醒来一个人会哭闹的。"我等着她裹好孩子,跟着她上楼:这女人还算年轻,生着一个笨重的身子和一副难看的罗圈腿。我试图回想起她当年的模样,可是想不起来。那时候,几乎所有的女人都讨好我。

她把孩子安置在角落里的垫子上,嘴里呢喃作声地哄着,孩子很快又睡过去。

"我们还能再支撑一两天,"我说,"事情快到了结的时候了。我们要想办法活在当下。"她脱了长内裤,像马甩着前蹄似的踏在裤子上,穿着无袖宽内衣向我贴过来。我吹灭灯。刚才说的话让我自己泄了劲头。

我进入时她呻吟起来。我和她脸贴脸地摩挲着,我伸手摸索她的乳房,但她自己的手紧捂在那里,轻轻地揉着,不让我摸。"有点痛,"她轻声说,"是孩子吃奶咬的。"

高潮就要来了,可我还想着要说些什么——那一阵的感觉是遥远的、轻微的、像是另一个世界里发生的地震。

"这是你第四个孩子吗?"我们并排躺在床上盖着被。

"是的,有一个死了。"

"他爹呢? 他帮你管孩子吗?"

"他随军队走了,留了点钱。"

"他肯定会回来。"

她一动不动地靠在我身旁。"我挺喜欢你的大儿子,"我说,"我被关起来的时候他每天来给我送饭。"接着是一阵沉默。我的脑袋开始晕眩,半梦半醒时我听到自己喉咙里发出呼噜噜的余音——一个老人的鼾声。

她坐了起来。"我得走了,"她说,"我睡不惯空荡荡的房间,一整夜都听到嘎吱嘎吱的声音。"我看着她影影绰绰的身躯,在黑暗中穿上衣服抱起孩子。"我可以把灯开亮吗?"她说,"我怕摔下楼梯。你睡吧,明天一早,如果你想吃小米粥的话,我把早饭给你带来。"

* *

"我很喜欢她,"她说,"我们都喜欢她。那姑娘从来不叫苦,叫她干什么就干什么,其实我知道她的腿总让她疼。她为人也挺和善。她在的地方总有笑声。"

我还是像根木头似的不管用,她挺费力地帮我:用她那双大手按摩我的背脊,接着又揉捏臀部。高潮来了:像是一粒射向大海的火星,顷刻就消失了。

孩子啼哭起来。她连忙放下我俩的事情爬起身来。她裸着宽大的身板抱着孩子穿过映入室内的一片月光,回到床上,一边拍着孩子一边低吟着催眠曲。"他一会儿就睡觉了。"她轻声说。她凉凉的身子又回到我身边躺下时,我差不多要睡过去了。她用嘴唇轻擦着我的胳膊。

* *

"我不想去琢磨什么野蛮人的事儿,"她说,"生命太短了,来不及去想以后那些烦人的事儿。"

我没说什么。

"我没让你快活,"她说,"我知道你并不喜欢跟我干这事儿。你总是心不在焉的。"

我等她说下去。

"她也这么对我说过。她说你总是心不在焉,她不明白你是怎么回事,她不知道你想在她身上得到什么。"

"我不知道你俩关系这么亲密。"

"我总待在这儿楼下。我们互相说些私房话。有时她会哭了又哭,哭了又哭。你让她很不好受,你知道吗?"

她的话打开了一扇门,一股沉寂已久的风穿过这道门向我吹来。

"你不明白的。"我含含糊糊地说。她耸耸肩。我接着说:"你不知道事情的整个经过,她也不可能告诉你,因为她自己也不明白。不过我现在不想谈这个。"

"这不关我的事。"

我们都沉默了,心里都在想着那个现在睡在遥远的星空下的女孩。

"野蛮人骑马进城的时候,没准她也跟着一起回来了。"我想象着她抢在马队前面,腰板挺直坐在马鞍上,疾如流星地奔进城门,她两眼闪闪发亮,她是他们的向导,指着她曾寄身之处向她的同伴们介绍自己曾暂居的这个陌生城镇。"那时候,一切都会重新开始。"

我们在黑暗中一声不吭,想着自己的心事。

"我真害怕,"她说,"我真不敢想会有什么事情发生。

我只想安安稳稳地过日子,一天一天都过着平常日子。可是有时候,我突然想到可能会发生的事情,都要吓瘫了。我不知道怎么办。我只想着孩子们。孩子们会怎么样呢?"她从床上坐起来。"孩子们会怎样?"她情绪激烈地发问。

"他们不会伤害孩子。"我告诉她,"他们不会伤害任何人的。"我抚摸着她的头发,安慰着她,把她搂得紧紧的,直到她得给孩子喂奶。

* *

她在厨房楼下睡得更踏实,她告诉我。她说醒来时能看见炉膛里煤火闪光就会觉得安心。她还喜欢把孩子抱到床上跟自己一起睡。还有,老妈要是不知道她在哪里过夜她也会感觉好一些。

我也感觉不太对劲,后来就不去她那儿了。轮到孤衾独眠,我想念起她指尖上的油脂和百里香的气味。有一两个晚上我曾默默地生出了一点捉摸不定的伤感,可是过后就淡忘了。

* *

我站在外面观察即将来临的暴风雪。天色渐渐暗下来,只剩下北面的一抹淡红。赭色的屋瓦反射着天空的亮光,整个镇子一片朦胧,暴风雪袭来之前呈现出神秘的美感。

我爬上城墙。人们站在长矛盔甲搭成的假人中间眺望天穹,巨大的云团挟带着沙尘开始在那里倒海翻江。没人开口说话。

太阳转呈红铜色。湖面上的捕鱼船全都离开了,鸟儿也不再歌唱。天地之间一时沉寂,然后大风呼啸而来。

人们都躲进屋里,门窗紧闭再闩上闩杠、插销,浑浑的沙尘铺天盖地穿过屋顶覆盖了裸露在外的每一处地方;渗进了饮用水,渗进了我们的牙齿缝里。待在屋里,我们有时也会想到那些身处旷野的同类,他们没有庇身之处,唯有背着风去忍受煎熬。

* *

夜里,配给的木柴烧完前我还能再熬一两个小时,然后就得蜷缩着身子爬上床去。那段时间里我又找回以前的癖好,尽量修复在法院院子里被他们扔掉的装石头的箱子,那些玩意儿砸坏散落着。我费心把箱子修好,还想继续破译写在那些杨树木简上的古老字符。

从前在沙漠废墟中居住过的人们留下这样的东西,我们似乎也应该给子孙后代留下一些记录,埋在墙根底下。看来,记述历史的重任非我这位最后的行政治安官莫属。于是我坐到书桌前,为抵御寒冷裹上旧熊皮,点上一支蜡烛(燃油也定量配给),手边摊开一沓发黄的文件,可是我写的并不是帝国前哨这个边境小镇的编年纪事,也不是本镇居民在等待野蛮人到来的最后时日的事况实录。

"到我们这个绿洲来的人,"我写道,"没有一个不被此地优雅的生活节奏打动,我们仍然应天顺时地生活在春种秋收和水鸟迁徙的周期中。我们自由地生活在星空下。我们愿意作出任何让步,只要我们可以继续在这里生活下去,毕竟这里曾是人间天堂。"

我久久地看着自己写下的这些文字,若我耗时费力去钻研的那些杨树木简上包含的信息也是这样,也竟同样地曲折隐晦、同样地模棱两可、同样地该死地难懂,那真该让人失望。

"也许到了残冬时节,"我心想,"寒冷和饥饿真正啮噬着我们,野蛮人真到了城门口,到那时我也许会丢开这种市井俗人假充文化人的套话,说出真相来。"

我想:"我要生活在历史之外。我不想生活在帝国强加于它臣民的历史中(甚至做帝国遗民也不愿意)。我也从来不希望野蛮人有一段帝国涂抹在他们身上的历史。我怎么可能相信由此而来的羞耻正是我一直承受的呢?"

我想:"我经历了一段多事之秋,却不比一个母亲怀抱里的孩子更明白发生了什么事情。这个镇上所有的人里头,我是最不适合写回忆录的人。铁匠用他的悲伤和哀哭道出的历史还更好些。"

我想:"当野蛮人尝过面包和桑葚果酱,面包和醋栗果酱,他们会被我们的生活方式征服。他们会发现,自己的生活少不了会种植太平洋谷物的男人和熟悉美味水果的女人们。"

我想:"许多年以后的某一天,当人们在这个地方挖掘废墟时,他们会对沙漠居民留下的文物更感兴趣而不是我可能留下的什么东西。他们这样想也完全正确。"(所以我花费了一个晚上用亚麻籽油把这些木简涂抹了一遍,再用一块油布包起来。我对自己说,等狂风稍停,要把这些东西埋回我找到它们的地方去。)

我想:"一直有什么东西在盯着我的脸,只是我一直没看见它。"

* *

风小了,雪花开始飘落下来,今年第一场雪,往屋顶洒着斑斑点点的白色。我整个早上都站在窗前看着飘雪的大地。我走过军营院子时积雪已有几英寸深了,脚踩在雪地上的吱咕作响,轻得有点异样。

广场中央一帮孩子在玩堆雪人。我不想惊动他们,却怀着一股莫名其妙的喜悦,蹚过雪地向他们走去。

他们忙着自己手上的事儿都顾不上瞥我一眼。硕大溜圆的身子已经堆起来了,这会儿他们在滚一个雪球要做雪人的脑袋。

"谁去找点什么来做嘴巴、鼻子和眼睛。"他们里边一个挑头的孩子说。

我想起雪人还得要有两条胳膊,但我不想掺和他们的事儿。

他们把脑袋安在雪人的肩上,又用小卵石给雪人安上了眼睛、耳朵和嘴巴。有个孩子还给雪人戴上他自己的帽子。

真是个不差的雪人。

这不是我梦里所见。就像如今经历的许多事情让我感到很麻木;就像一个迷路很久的人,却还硬着头皮沿着这条可能走向乌有之乡的路一直走下去。

译 后 记

我们对南非那个国家非常陌生,不知道那儿是干旱还是多雨,是丘陵山岳还是一马平川,在翻译库切的小说之前我甚至都不知道那儿是否也有飘雪的冬天。可是我们知道它曾有过非常严酷的种族隔离制度,南非前总统曼德拉为了反抗那种非人道的制度曾被监禁二十七年之久。库切在描写那个崇仰和平、相信人人生而平等的老行政治安官时,是不是也想到了关在牢中的曼德拉?当然,库切的主人公并非曼德拉那样刚毅果敢的民权斗士,就身份而言也根本不是殖民主义者眼里的"野蛮人",倒是属于"文明世界",应该说小说借此表述的是"文明人"的自省。一个平庸而善良、高雅却未必称高尚的老人,在帝国讨伐"野蛮人"的战争中重新审视人类文明的价值理念,怀着惴惴不安的心情不由自主地跨入了灾难之门……

《等待野蛮人》的写作手法相当另类,可以说是一个寓言,一个虚拟的帝国,一段虚构的历史。人物大多是虚写,出现和消失都带有某种随意性,在某个段落中会突然冒出一个前面不曾提起的人物,而后这些人物往往又不知所终。人物和情节的虚化,时空界限的模糊,无疑给作品带来了指涉更为广泛复杂的意象性。显然,库切不想把自己的主题限定在南非种族主义那段历史上,他要说的是人类的一段痛史,从"文明人"眼里检讨"文明"如何戕害文明。那个作为帝国官员的主人公是整部小说几乎唯一有性格塑造的人物,此人政绩平平,没有什么与时俱进的念头,却喜欢考古、爱好打猎,闲暇时则有文学、音乐相伴,既然镇上三六九等的女人都乐于讨好他,自也不乏寻花问柳之举。这算是一个有修养的人,但绝对不是善于自我拷问的思想家,库切让这样一个优游自适的太平官走向高尚的殉道之路,最终完成灵魂救赎的主题,整个叙述过程居然如此丝丝入扣,好像过去的小说家未见有这等本事。

作者将帝国与"野蛮人"的战争作为故事背景,一开始就引入一种严峻气氛,随着战事一步步拉开,人性终于被置于非常岁月的炼狱之中。乔尔上校的到来打破了边境地区的平静生活,从这一刻起老行政治安官就感受到内心被蹂躏的痛楚,然而正是这位代表帝国意志的国防部第三局要员唤醒了他的救赎之念。当那个流落街头的野蛮人女孩出现在自己眼前时,老行政治安官内心的宁静被打破了(而且是永久性地打破了)。由同情变成爱,自然不是一蹴而就,小说层层推进的描述委婉有致,人物心理过程的反反复复也写得非常精彩。就说这两个人的反差也真够大的——老/少、富/穷、官员/乞丐、文明人/野蛮人、言述者/沉默者……小说的戏剧因素不谓不丰富,但库切不是那种卖弄噱头的戏剧化写手,他的兴趣不会停留在这个反差强烈的男女故事上面。正如他的主人公惦念着绿色沼泽地里新生的芦苇,留恋那喧嚣过后洒满月光的湖面,库切的文字很自然地赋予对象一种超越之势,因为人的精神归宿才是他关注的重点。于是有了老行政治安官历经千辛万苦把那女孩送回野蛮人部落去的一章。照《纽约时报》一篇书评文章的说法,这是全书最漂亮的一章,许多段落充满诗一般的语句。小说家在这里显示了罕见的描述技巧,当我翻译到这一章时,一边尽情欣赏那极富美感的原文,一边又深觉译笔支绌之窘。这个华彩章节几乎给人一种结束感,末了是那女孩随野蛮人的队伍离去,你怎么也不会想到她和老行政长官就这么分别了,互道"再见"之后,那女孩再也没有回到故事中来。天哪,故事到这儿才写了一半,接下去的文章怎么做?但是随着老行政治安官的厄运降临,读者自然有了新的企盼,心灵的旅途尚迢遥无期。库切这部小说有许多不按常理出牌的地方,那些收放自如的笔墨不但让人感到惊讶,也伴随着沉思的韵律。

　　一个孩子眼中的阴霾在雪后的泪水中融化了,他复明了,这是上帝的奇迹。一个孩子在空无一人的广场上搭建雪城堡的梦,这是库切内心深怀恐惧的镜像。为什么雪城堡里没有人,为什么那蛮族女孩总是无动于衷,为什么帝国的臣民要把野蛮人视为异类,为什么……读着老行政治安官被殴打被监禁遭受种种折磨的痛苦经历,你不得不怀疑人类正义的思维在这混乱的世间是否还能给灵魂以关照。信仰在现实面前低下了头颅,道德良知陷入思想和主义的围剿。流言和恐惧,新思维和集体意识,所有这一切使得人们在失衡中的挣扎变得愈加无力。正如老行政治安官所说:"行刑者对疼痛的程度并不在意,他们要向我证明的是活着的身体意味着什么,一个活着的身体,只有当它完好无损时才有可能产生正义的思维,当这身体的脑袋被掐住,喉咙里被插进管子灌进一品脱盐水,弄得咳嗽不止,呕不出东西又连遭鞭笞时,它很快就会忘记一切思维而变得一片空白。"这番内心独白可谓字字带血,让我们知道乔尔上校那类人物用什么方法使得正义的诉求变成了对它的阉割。

帝国跟野蛮人的战争没有胜者,人们输掉的是人性和有关"文明"的信念。这本书要读到最后才能明白书名的含义,"等待野蛮人"跟"等待戈多"不同,这种"等待"不仅是一种精神折磨,而且带有灵魂追问的深意。在老行政治安官心目中,这是一个混合着恐惧和快意的字眼,还带着无尽的慨叹。故事结尾的地方倒不大像结尾,最后只写到边境小镇孤立无援的"等待",若是野蛮人打进来那几乎等于引颈受戮,可是没有下文。野蛮人会来吗,兵燹之后又将是什么局面?后面的事情库切就不管了,大概在他看来,检讨"文明"是每一个文明人应有的功课。

是啊,也许是因为我们走得太远,以至于忘了自己当初从哪里出发。也许我们以为高雅与高尚非常接近,以至于忘了高尚的代价往往是高雅。

作为译者,我有幸成为一个先睹为快的读者,可是真没想到,当把库切的叙述变成汉语的同时自己竟也深深陷入那种冷峻森严的氛围之中。夜复一夜,随着老行政治安官在牢里拷问自己的良知,把最惨烈的事实一桩一桩揭示出来,我也不禁陷入沉思。库切的主人公在孤独中寻找自己的归属,也许这对每一个人来说都是一条可行之路,当你失去一切权利和自由之时,心底若还存有仁爱就有希望——这终究是文明的根底。仁爱是孤寂者的家,孤寂的人在倾听和发现自己的同时,也学会了理解他人和世界,从而建立起一方珍贵的精神领地。我想,这样去理解库切的"等待"也许更好,一旦从喧嚣纷扰的世间走入平静的内心,就没有什么好怕的。译到本书最后几页,库切的边境小镇上刮起暴风雪的时候,我的窗外也飘起了雪花,从来没有感受到杭州的冬天也有如此彻骨之寒,猛烈的北风哗啦啦地吹动着窗玻璃,仿佛就是书中的情形,让人一眼瞥见那个正在费劲地撰写边境历史的老行政长官。他"就像一个迷路很久的人,却还硬着头皮沿着这条可能走向乌有之乡的路一直走下去",这最后的一句话让我颇费斟酌,但我终于明白这正是表明库切对世界的一种悲欣交集的看法:人类似乎再也不可能拥有完整的人格,而多样性的文化存在却是最后的希望之地。这认识是一种痛苦,也是一种安慰。随着老行政长官踽踽远去的身影,一切野蛮人或是文明人的古老灵魂都以倾身祈祷的姿态在漫天皆白的黄昏里定格了,无数彷徨无依的游魂在狂风呼啸的屋顶落下脚来。

翻译库切作品不是一件省力的事情,小说中复杂的意象、丰富的用典往往颇费猜解,加之惜字如金的行文风格,初看真有一点语焉不详的感觉,所有这些都给翻译带来了重重障碍。库切的写作还有一个特点,就是多用一般现在时态,稍一疏忽,可能误读误译。所以,整个翻译过程中颇有几分提心吊胆的感觉。

由于库切对于某些情节和细节的处理大大逾出一般小说笔法,翻译中也有一些疑惑是与文意的解读有关,这里不妨举两个例子。如,第四章有一处看上去相当突兀的描写:老行政长官在广场上跟众人一起目睹那些被折磨的野蛮人俘虏时,心想"我救不了他们,我只能救自己",突然转身去打了一桶水,拎回广场。可是这桶水并没有派什么用处,主人公意欲何为,这里一点也没交代。这里或许会使人想到雨果《巴黎圣母院》中埃丝米拉达给钟楼怪人送水一节,也有人提示这是否与《圣经》中耶稣在十字架上接受别人的醋有关。我不敢对此作穿凿之解,只能把这个谜团扔给读者。

本书翻译能顺利竣事有赖几位朋友悉心指教,职业翻译家周丹与译者毗邻而居,每遇难处首先会想到去找她。还有浙江大学翻译学教授陈刚以及远在约翰内斯堡的作家郑海瑶(恺蒂),都给予我宝贵的意见,在此一并致谢。当然,译文中如有错讹之处,责任仍在我自己,恳望读者不吝批评指正。

文　敏